O Pequeno Lorde

Frances Hodgson Burnett

O Pequeno Lorde

Frances Hodgson Burnett

Tradução
Dorothea de Lorenzi

Principis

Esta é uma publicação Principis, selo exclusivo da Ciranda Cultural
© 2023 Ciranda Cultural Editora e Distribuidora Ltda.

Traduzido do original em inglês
Litte lord Fauntleroy

Texto
Frances Hodgson Burnett

Editora
Michele de Souza Barbosa

Tradução
Dorothea de Lorenzi

Preparação
Valquíria Della Pozza

Revisão
Fernanda R. Braga Simon

Produção editorial
Ciranda Cultural

Diagramação
Linea Editora

Design de capa
Ana Dobón

Imagens
Ola-ola/shutterstock.com;
James Daniels/shutterstock.com;
Yoko Design/shutterstock.com;
Macrovector/shutterstock.com;
zorina_larisa/shutterstock.com

Dados Internacionais de Catalogação na Publicação (CIP) de acordo com ISBD

B964p	Hodgson, Frances Burnett.
	O pequeno lorde / Frances Hodgson Burnett ; traduzido por Dorothea de Lorenzi Grinberg Garcia. - Jandira, SP : Principis, 2023.
	192 p. ; 15,50cm x 22,60cm. - (Clássicos da literatura mundial).
	Título original: Litte lord Fauntleroy
	ISBN: 978-65-5552-654-7
	1. Literatura inglesa. 2. Clássicos da literatura. 3. Aventura. 4. Família. 5. Morte. 6. Infância. I. Garcia, Dorothea de Lorenzi Grinberg. II. Título. III. Série.
2023-1118	CDD 823 CDU 821.111-31

Elaborado por Lucio Feitosa - CRB-8/8803

Índice para catálogo sistemático:
1. Literatura inglesa 823
2. Literatura inglesa 821.111-31

1ª edição em 2023
www.cirandacultural.com.br
Todos os direitos reservados.
Nenhuma parte desta publicação pode ser reproduzida, arquivada em sistema de busca ou transmitida por qualquer meio, seja ele eletrônico, fotocópia, gravação ou outros, sem prévia autorização do detentor dos direitos, e não pode circular encadernada ou encapada de maneira distinta daquela em que foi publicada, ou sem que as mesmas condições sejam impostas aos compradores subsequentes.

Esta obra reproduz costumes e comportamentos da época em que foi escrita.

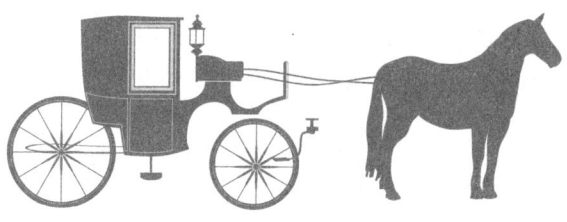

1

Cedric não sabia nada a respeito de seu pai. Nunca ninguém havia mencionado uma palavra sequer. Sabia que era inglês porque a mãe lhe havia contado, mas que tinha morrido quando ele era tão pequeno que mal se lembrava, exceto que era um homem alto, de olhos azuis com um bigode comprido e que era uma coisa maravilhosa ser carregado em seus ombros pelo quarto. Desde sua morte, Cedric tinha descoberto que era melhor não falar sobre ele com a mãe. O garoto foi afastado de casa quando o pai adoeceu, e quando retornou tudo estava terminado: sua mãe, que também tinha ficado muito doente, começava a melhorar e passava o dia sentada junto à janela. Estava pálida e magra, as covinhas haviam desaparecido de seu lindo rosto, seus olhos pareciam enormes e tristes e se vestia de preto.

– Querida – disse Cedric (seu pai sempre a chamava assim, e ele aprendeu a fazer o mesmo). – Querida, papai está melhor?

Percebeu, então, que os braços dela tremiam, virou a cabeça cacheada e fitou seu rosto. Algo naquele momento fez com que ele percebesse que ela iria chorar.

– Querida – repetiu. – Ele está bem?

Subitamente, seu coraçãozinho amoroso o aconselhou a passar os braços em volta do pescoço da mãe e beijá-la muitas vezes, mantendo sua face macia junto à dela. Assim fez, e ela apoiou o rosto em seu ombro e chorou desesperadamente, apertando o filho como se nunca mais fosse soltá-lo.

– Sim, ele está bem – a mãe soluçou. – Muito, muito bem, mas nós dois... Só temos um ao outro agora. Mais ninguém.

Apesar de muito pequeno, Cedric entendeu que seu pai nunca mais voltaria, que ele tinha morrido, como Cedric já tinha ouvido falar de outras pessoas, embora não entendesse exatamente o motivo de tamanha tristeza.

Foi exatamente pelo fato de sua mãe chorar sempre que ele mencionava o pai que secretamente resolveu não falar mais dele com frequência.

Descobriu também que era melhor não a deixar ficar sentada em silêncio olhando para a lareira ou pela janela sem se mover nem falar.

Ele e a mãe conheciam poucas pessoas e viviam o que se poderia considerar uma existência muito solitária, embora Cedric não tivesse consciência disso até ficar mais velho e tomar conhecimento do motivo de nunca receberem visitas. Mais tarde soube que sua mãe era órfã e que, quando seu pai se casou com ela, era uma pessoa muito sozinha. A mãe de Cedric era muito bonita e trabalhava como dama de companhia para uma velha senhora rica que não a tratava bem. Certo dia, o capitão Cedric Errol, que estava de visita ali, a viu subir correndo as escadas com lágrimas nos olhos. Era uma criatura tão meiga, inocente e triste que o capitão não conseguiu tirá-la da cabeça. Após estranhos acontecimentos, eles passaram a se conhecer melhor, apaixonaram-se e se casaram, embora o casamento não fosse bem-visto por algumas pessoas. O mais descontente de todos, entretanto, era o pai do capitão, que vivia na Inglaterra e era um velho nobre muito rico e importante, com um péssimo gênio e um enorme preconceito contra a América e os americanos. Ele tinha dois filhos mais velhos que o capitão Cedric, e pela lei o mais velho herdaria o título e os bens da família; caso o primogênito morresse, o segundo filho seria o herdeiro, de modo que, apesar de membro dessa família tão importante, as chances de o capitão Cedric ficar muito rico eram remotas.

Mas a natureza havia presenteado o filho caçula do conde com dons que faltavam aos seus irmãos mais velhos. Ele tinha um belo rosto e um físico forte e elegante; seu sorriso era brilhante, e sua voz, doce e cativante; era valente e generoso e possuía o coração mais bondoso do mundo, tendo a habilidade de se fazer querido por todos. E isso não acontecia com seus irmãos mais velhos; nenhum deles era bonito, muito menos bondoso nem inteligente. Quando meninos, em Eton, não eram populares entre os colegas; na faculdade, pouco ligavam para os estudos, desperdiçavam tempo e dinheiro e tinham pouquíssimos amigos. Seu pai, o velho conde, vivia desapontado e se sentia humilhado por causa deles. Seu principal herdeiro não tinha honra suficiente para carregar seu nobre nome e ele nada mais prometia do que ser um homem egoísta, esbanjador e insignificante, sem qualidades viris nem nobres.

Para o velho conde, era muito triste pensar que seu terceiro filho na sucessão, que herdaria apenas uma pequena herança, fosse o mais bem-dotado de todo charme, força e beleza da família. Às vezes chegava quase a odiar o jovem Cedric, pois era ele quem possuía os dotes certos para herdar o título de nobreza e os bens, mas, mesmo assim, em seu coração orgulhoso e teimoso, não conseguia deixar de amar seu filho menor. Foi um de seus rompantes de arrogância que provocou a ida do caçula para a América. O velho resolveu mandá-lo para longe por algum tempo, pois ficava irritado de vê-lo sobressair constantemente aos irmãos, que na época lhe davam muito trabalho com tamanhas leviandades.

Entretanto, seis meses depois, o velho conde começou a se sentir só, ansiando em segredo rever o filho mais novo. Escreveu para o capitão Cedric ordenando que voltasse para casa. Essa carta se cruzou com outra do capitão para o pai na qual ele contava a respeito de seu amor pela linda moça americana e revelava suas intenções de se casar com ela. Quando o conde recebeu a notícia, ficou furioso. Por pior que fosse seu gênio, ele jamais havia se permitido um descontrole como o que demonstrou ao ler a carta do filho. Seu criado, que estava no quarto, naquele momento, pensou que o conde estivesse tendo um ataque pelo modo violento como reagiu à notícia.

Durante uma hora o velho rugiu como um tigre, depois se sentou e escreveu para o filho ordenando que nunca mais se aproximasse de seu antigo lar nem escrevesse para ele ou para os irmãos. Que vivesse como desejasse e morresse onde bem quisesse, pois estava riscado para sempre da família, e que não esperasse ajuda do pai enquanto ele estivesse vivo.

O capitão ficou muito triste quando leu a carta, pois amava muito a Inglaterra, do mesmo modo como o belo lar onde havia nascido; amava até seu velho pai rabugento, e era solidário diante de suas frustrações, porém sabia que no futuro não poderia esperar por nenhum gesto seu de bondade. De início, não soube o que fazer; não havia sido educado para trabalhar e não tinha experiência com negócios, mas tinha muita coragem e determinação. Então, como era costume na época, vendeu sua patente no Exército inglês e, após alguns obstáculos, encontrou trabalho em Nova York e se casou. A mudança em relação à antiga vida na Inglaterra foi significativa, mas ele era jovem e estava feliz e esperava que com trabalho duro conseguisse um bom futuro.

Era dono de uma casa pequena em uma rua tranquila, onde seu filho nasceu. Tudo era tão alegre e festivo em sua simplicidade que jamais se arrependeu nem por um momento de ter-se casado com a bela dama de companhia da velha rica, porque ela era adorável, e os dois se amavam. A esposa era mesmo maravilhosa, e seu filhinho havia herdado as qualidades tanto da mãe quanto do pai. Embora nascido em um lar tão modesto e pequeno, parecia o bebê mais sortudo do mundo. Tinha uma saúde de ferro e nunca dava o menor trabalho; era dono de um temperamento tão agradável e de modos tão simpáticos que todos o amavam e parecia uma pintura de tão bonito que era.

Em vez de ser um bebê carequinha, sua cabeleira era macia e loira com pontas cacheadas, que se transformaram em caracóis quando fez seis meses; possuía grandes olhos castanhos com cílios longos e um rostinho adorável; suas costas eram tão firmes, e as pernas, tão fortes que aos nove meses de repente começou a andar; tinha modos tão distintos para um bebê que conhecê-lo era um deleite. Parecia achar que o mundo todo era seu amigo e, se alguém lhe dirigia a palavra quando estava em seu carrinho na rua, fitava o estranho com seus olhos castanhos sérios e meigos e a seguir abria seu sorriso caloroso e simpático. Daí não havia ninguém nas redondezas daquela rua tranquila onde morava, até mesmo o vendeiro, considerado o homem mais mal-humorado do mundo, que não gostasse de vê-lo e de falar com ele. E a cada mês o garoto ia crescendo mais bonito e charmoso.

Quando tinha idade suficiente, saía caminhando com sua babá, puxando um carrinho, usando roupas brancas e um chapelão também branco sobre os cabelos loiros e ondulados. Era uma criança tão bonita, forte e corada que chamava atenção de todos. E a babá voltava para casa contando à mãe do menino histórias sobre as senhoras que paravam a carruagem para olhar e falar com o menino, e como ficavam contentes quando ele respondia à sua maneira simpática, como se as conhecesse a vida toda.

Seu maior charme era esse modo bem-humorado, desinibido e pessoal de fazer amizade com as pessoas. Creio que isso vinha de sua natureza muito confiante e de um coraçãozinho bondoso que simpatizava com todo mundo e deixava todos à vontade. Era rápido em detectar os sentimentos dos que o rodeavam. Talvez essa característica tenha sido cultivada pelos pais bem-educados, amorosos, amáveis e atenciosos. Jamais tinha ouvido na sua casa uma palavra maldosa ou descortês; sempre foi amado, acariciado e tratado com muito amor, de modo que sua alma infantil era cheia de bondade e de um calor inocente. Ouvia sua mãe ser chamada por nomes bonitos e amorosos, então usava esses nomes também quando falava com ela. Via o pai tomar conta dela muito bem, e aprendeu a fazer o mesmo.

Então, quando soube que seu pai nunca mais voltaria e presenciou a tristeza da mãe, aos poucos seu coração bondoso o fez pensar que deveria fazer de tudo para deixá-la feliz. Ele não passava de um garotinho, mas esse pensamento o invadia sempre que subia nos joelhos dela, a beijava e apoiava a cabeça cacheada em seu pescoço, e quando trazia seus brinquedos e cadernos de colorir para ela, e ao se aninhar em silêncio ao seu lado quando ela se deitava no sofá. Não tinha idade para saber o que mais poderia fazer, então fazia o que podia. Era um conforto para a mãe muito maior do que poderia imaginar.

– Oh, Mary! – ouviu a mãe dizer certa vez para a velha criada. – Tenho certeza de que ele tenta me ajudar do seu jeito inocente... Sei que sim. Às vezes me olha de maneira pensativa e amorosa, como se sentisse pena de mim, e então se aproxima e me faz um carinho ou me mostra alguma coisa. Parece um homenzinho, e acho que ele compreende minha dor.

À medida que crescia, Cedric foi adquirindo muitas maneiras peculiares de divertir as pessoas e fazer com que elas se interessassem por ele. Era tão companheiro da mãe que ela mal precisava de outras companhias. Costumavam caminhar, conversar e brincar juntos. Ainda pequeno aprendeu a ler e se deitava sobre o tapete junto à lareira lendo em voz alta... Às vezes histórias, às vezes livros maçudos que os adultos liam, e outras vezes até o jornal. Nessas ocasiões, Mary, na cozinha, ouvia a senhora Errol rir deliciada com as coisas que ele dizia.

– E, na verdade – dizia Mary para o vendeiro –, ninguém consegue deixar de rir com as maneiras dele... E as coisas de gente antiga que diz! Então não entrou na minha cozinha na noite em que o novo presidente foi eleito e ficou de pé na frente do fogo parecendo uma pintura com as mãos nos bolsos pequenos e seu rosto inocente tão sério quanto o de um juiz? E me disse: "Mary, estou muito interessado nas eleições. Sou republicano assim como a Querida. Você é republicana, Mary?". "Desculpe", eu disse. "Sou mais dos democratas!" E ele me deu um olhar que chegou ao meu coração e exclamou: "Mary, o país cairá na ruína". E, depois disso, não passa um só dia sem que tente me convencer a mudar de lado na política.

Mary gostava muito do menino e sentia um orgulho profundo dele também. Trabalhava para sua mãe desde que ele havia nascido, e depois da morte do capitão era cozinheira, arrumadeira, babá e tudo o mais que fosse preciso. Sentia orgulho de seu corpinho forte e flexível e de seus modos educados, e em especial dos cabelos brilhantes e encaracolados que emolduravam sua fronte e caíam em anéis até os ombros. Não se negava a trabalhar de manhã à noite para ajudar a mãe a confeccionar suas roupas minúsculas e mantê-las em ordem.

– Aristocrata? – ela dizia. – Sinceramente eu gostaria de ver essa criança na Quinta Avenida com sua aparência e bonito como ele só. E todo homem, mulher e criança admirando-o com suas roupas de veludo preto feitas com um velho vestido da patroa. Sua cabecinha erguida e seus cabelos cacheados ao vento. Parece um pequeno lorde.

Cedric ignorava que parecia um pequeno lorde. Nem sabia o que era um lorde. Seu maior amigo era o vendeiro da esquina... O mal-humorado que nunca estava de mau humor com ele. Seu nome era senhor Hobbs, e Cedric o admirava e respeitava muito. Pensava que ele era uma pessoa muito rica e poderosa, pois tinha tantas coisas na sua loja... Ameixas e figos, laranjas e biscoitos... E possuía uma charrete com cavalo. Cedric gostava do leiteiro, do padeiro e da mulher que vendia maçãs, mas o senhor Hobbs era seu preferido, e os dois eram tão chegados que o menino ia vê-lo todos os dias e costumava sentar-se com o vendeiro por muito tempo e ficavam discutindo os assuntos do momento. Era surpreendente quantas coisas tinham para conversar... O Quatro de Julho, por exemplo. Quando começavam a falar desse feriado, não acabavam nunca mais. O senhor Hobbs tinha uma péssima opinião sobre "os britânicos" e contava toda a história da Revolução, narrando episódios maravilhosos e patrióticos sobre a vilania do inimigo e a bravura dos heróis revolucionários. Chegava até a recitar de boa vontade parte da Declaração de Independência.

Nessas ocasiões, Cedric ficava tão entusiasmado que seus olhos brilhavam, as faces coravam, e seus cachos se embaralhavam como se fossem um esfregão amarelo. Quando voltava para casa, não via a hora de acabar de jantar para contar tudo à sua mãe. Talvez tenha sido o senhor Hobbs o primeiro a lhe despertar o interesse na política. O senhor Hobbs gostava de ler os jornais, portanto Cedric ouvia muita coisa sobre o que acontecia em Washington; e o senhor Hobbs lhe dizia se o presidente estava fazendo seu trabalho direito ou não. E na época das eleições parecia que, se não fosse pelo senhor Hobbs e por Cedric, o país poderia se arruinar.

O senhor Hobbs o levou para assistir a uma grande passeata iluminada por tochas, e muitos dos que as empunhavam lembraram-se mais tarde de um homem robusto junto a um poste carregando nos ombros um garotinho muito bonito que gritava e acenava com seu chapéu no ar.

Pouco depois dessas eleições, quando Cedric tinha quase oito anos, um fato muito estranho produziu uma extraordinária mudança em sua vida. E curioso também foi que, no dia em que isso aconteceu, ele tinha conversado com o senhor Hobbs sobre a Inglaterra e a rainha, e o senhor Hobbs havia feito críticas severas à aristocracia, especialmente dirigidas aos condes e marqueses. Tinha sido uma manhã animada e, depois de brincar com os soldadinhos com alguns de seus amigos, Cedric havia entrado na loja para descansar e encontrou o senhor Hobbs fitando com ar raivoso uma página do *Illustrated London News* que exibia um desenho de alguma cerimônia da corte.

– Ah – exclamou o senhor Hobbs –, é assim que agem agora. Mas vão levar o troco um dia quando os que pisaram irão se erguer e atirá-los nos ares... Condes, marqueses e tudo o mais! Esse dia está chegando e podem se preparar!

Como sempre Cedric havia se empoleirado na banqueta alta e empurrado o chapéu para trás, enfiando as mãos nos bolsos com um cumprimento amável para o senhor Hobbs.

Perguntou:

– Já conheceu muitos marqueses, senhor Hobbs? Ou condes?

– Não – respondeu o senhor Hobbs com indignação. – Acho que não. Gostaria de pegar um deles aqui dentro da minha loja, só isso que eu queria! Não quero tiranos gananciosos sentados em volta de meus barris de biscoitos!

E estava tão orgulhoso desse sentimento que olhou em volta com altivez e enxugou a testa.

– Talvez não quisessem ser condes se soubessem da verdade – disse Cedric, sentindo uma vaga simpatia pela infeliz condição da nobreza.

– É claro que iam querer! – retrucou o senhor Hobbs. – Eles adoram isso! Está no sangue. E é um sangue ruim.

Estavam no meio da conversa quando Mary entrou.

Cedric pensou que ela talvez tivesse vindo comprar açúcar, mas não era isso. Estava um pouco pálida, mas animada com alguma coisa.

– Venha para casa, querido – disse. – A patroa quer falar com você.

Cedric deslizou da banqueta.

– Ela quer sair comigo, Mary? – perguntou. – Bom dia, senhor Hobbs. Depois conversamos.

Estava surpreso por ver que Mary o fitava de modo perplexo, e se perguntou por que ela ficava meneando a cabeça de um lado para o outro.

– O que houve, Mary? – quis saber. – Está com calor?

– Não – ela respondeu –, mas coisas estranhas estão acontecendo com a gente.

– Querida ficou com dor de cabeça por causa do sol? – ele perguntou com ansiedade.

Mas não era isso. Quando chegou em sua casa, um cupê estava parado diante da porta, e alguém conversava com sua mãe na pequena sala de visitas. Mary apressou o garoto para que subisse e vestisse seu melhor traje de verão, de flanela cor de creme com a faixa vermelha na cintura, e penteasse os cabelos.

– Lordes, é isso? – Cedric ouviu Mary dizer. – E a alta e a pequena nobreza. Nossa! Ruim para eles! Lordes, com a breca… Que sorte malvada.

Era tudo muito confuso, mas Cedric tinha certeza de que sua mãe lhe contaria o motivo para todo aquele reboliço. Então deixou que Mary se lamentasse sem lhe fazer perguntas. Quando se vestiu, correu para o andar de baixo e foi para a sala de visitas. Um velho senhor alto e magro com um rosto longo estava sentado em uma poltrona. Sua mãe encontrava-se de pé ao seu lado, muito pálida, e ele viu que havia lágrimas em seus olhos.

– Oh! Ceddie! – ela exclamou, correndo para ele, tomando-o nos braços e beijando-o de modo apressado e preocupado. – Oh! Ceddie, querido!

O velho senhor alto se levantou da poltrona e fitou Cedric com olhos penetrantes enquanto esfregava a mão no queixo.

Não parecia nem um pouco descontente.

– Então – disse por fim lentamente –, este é o pequeno lorde Fauntleroy.

2

    Nunca houve um garotinho mais perplexo do que Cedric durante a semana que se seguiu; nunca houve semana mais estranha e irreal. Para começar, a história que sua mãe lhe contou era muito curiosa. Ele foi obrigado a ouvi-la duas ou três vezes antes de conseguir assimilar tudo. Não era possível imaginar o que o senhor Hobbs iria pensar disso. A história começava com condes: seu avô, que ele nunca tinha visto, era um conde, e seu tio mais velho, se não tivesse morrido por causa de uma queda de cavalo, seria conde também na hora certa; depois de sua morte, seu outro tio seria conde se não tivesse falecido de repente por causa de uma febre em Roma. Depois disso, seu próprio pai, caso tivesse vivido, seria conde, porém, já que todos haviam falecido e só havia sobrado Cedric, parecia que ELE seria conde após a morte do avô… E no momento era lorde Fauntleroy.

    Cedric ficou branco como um lençol na primeira vez que ouviu tudo isso.

    – Oh! Querida! – exclamou. – Preferia não ser conde. Nenhum dos meninos meus amigos é conde. Será que posso NÃO ser?

Mas parecia inevitável. E naquela noite, quando se sentaram juntos diante da janela aberta, olhando para a rua pobre, ele e a mãe tiveram uma longa conversa. Cedric se sentou no seu banquinho segurando os joelhos na sua posição favorita e exibindo um rostinho surpreso bastante vermelho pelo esforço de pensar. Seu avô havia mandado buscá-lo para ir à Inglaterra, e sua mãe achava que ele deveria ir.

– Porque – disse ela olhando para fora da janela com olhos tristonhos – sei que seu pai iria querer assim, Ceddie. Ele amava muito sua casa, e existem muitas outras coisas a serem levadas em consideração que um garotinho não pode entender. Eu seria uma mãezinha egoísta se não o deixasse ir. Quando você se tornar homem, entenderá meus motivos.

Ceddie balançou a cabeça, desolado.

– Vou ficar muito triste por deixar o senhor Hobbs – disse. – Acho que ele vai sentir minha falta, e eu, a dele. E vou sentir saudade de todos.

Quando o senhor Havisham, que era o advogado de família do conde de Dorincourt e que havia sido enviado por ele para levar o lorde Fauntleroy à Inglaterra, chegou, no dia seguinte, Cedric ouviu muitas coisas. Entretanto, por algum motivo não lhe serviu de consolo ouvir que seria um homem muito rico quando crescesse e que possuiria castelos aqui e ali, parques extensos, minas profundas e grandes propriedades com inquilinos. Estava preocupado com seu amigo, o senhor Hobbs, e foi, com muita ansiedade, vê-lo na loja logo após o café da manhã.

Encontrou o vendeiro lendo o jornal matinal. Aproximou-se dele lentamente e muito sério. Achava que seria um grande choque para o senhor Hobbs quando ouvisse o que lhe havia acontecido, e a caminho da loja pensou na melhor maneira de contar as novidades.

– Olá! – saudou o senhor Hobbs. – Bom dia!

– Bom dia – respondeu Cedric.

Cedric não subiu na banqueta alta como costumava fazer, mas se sentou sobre uma caixa de biscoitos e segurou os joelhos. Ficou tão quieto por alguns momentos que, por fim, o senhor Hobbs ergueu os olhos por cima do jornal de forma inquiridora.

– Olá! – repetiu.

Cedric reuniu todas as forças.

– Senhor Hobbs – disse. – Você lembra o que conversamos ontem pela manhã?

– Acho – respondeu o homem – que falávamos sobre a Inglaterra.

– Isso mesmo – disse Cedric. – Mas sobre o que estávamos falando quando Mary veio me buscar?

O senhor Hobbs coçou a nuca.

– ESTÁVAMOS mencionando a rainha Vitória e a aristocracia.

– Sim – concordou Cedric com hesitação. – E... e condes. Não é isso?

– É, sim – disse o senhor Hobbs. – SIM, criticamos esses um pouco. É verdade!

Cedric corou até a raiz dos cabelos cacheados que caíam na sua testa. Nada tão constrangedor já lhe havia acontecido. E temia que para o senhor Hobbs, também.

– O senhor disse – continuou – que não permitiria que eles se sentassem em volta de seu barril de biscoitos.

– Disse mesmo! – concordou o senhor Hobbs com firmeza. – E repito. Que eles tentem... Vão ver só!

– Senhor Hobbs – disse Cedric –, um deles está sentado nesta caixa!

O senhor Hobbs quase pulou da cadeira.

– Quê?! – exclamou.

– Sim – anunciou Cedric com a devida modéstia. – *Eu* sou um deles... Ou serei. Não vou enganar o senhor.

O senhor Hobbs parecia agitado. Levantou-se de supetão e foi examinar o termômetro na parede.

– O mercúrio entrou na sua cabeça! – exclamou, virando-se para examinar a expressão no rosto do jovem amigo. – ESTÁ muito quente! Como se sente? Alguma dor? Quando começou a se sentir assim?

Pousou a mão grande sobre os cabelos do menino. A situação se tornava cada vez mais constrangedora.

– Obrigado – respondeu Cedric –, estou bem. Não há nada de errado com minha cabeça. Lamento dizer, mas é verdade, senhor Hobbs. Foi por isso que Mary veio me buscar para ir para casa. O senhor Havisham estava dando a notícia para minha mãe, e ele é advogado.

O senhor Hobbs se deixou cair sobre a cadeira e enxugou a testa com um lenço.

– UM de nós dois está com insolação! – exclamou.

– Não – contrariou Cedric –, nenhum de nós. Teremos que tirar o melhor proveito disso, senhor Hobbs. O senhor Havisham veio lá da Inglaterra para nos contar. Meu avô o enviou.

O senhor Hobbs fitou com olhar desvairado o rostinho inocente e sério à sua frente.

– Quem é seu avô? – perguntou.

Cedric enfiou a mão no bolso e com cuidado retirou dali um pedaço de papel onde havia escrito algo com sua letra redonda e irregular.

– Não consigo me lembrar com facilidade, então escrevi – respondeu. E leu alto e devagar: – "John Arthur Molyneux Errol, conde de Dorincourt". Esse é o nome dele, e ele mora em um castelo... Em dois ou três castelos, acho. E meu pai, que morreu, era seu filho mais novo. Eu não deveria ser lorde ou conde se meu pai não tivesse morrido; e meu pai não seria conde caso seus dois irmãos não tivessem morrido. Mas todos morreram, e não há mais ninguém além de mim... Nenhum menino... E então preciso ser. E meu avô mandou me buscar para ir para a Inglaterra.

Parecia que a qualquer momento o rosto do senhor Hobbs iria pegar fogo. Enxugava a testa e a careca e respirava com dificuldade. Começava a perceber que algo extraordinário tinha acontecido. Mas, quando olhou para o garotinho sentado sobre a caixa de biscoitos com expressão inocente e ansiosa nos olhos, e viu que ele não havia mudado e que era o mesmo do dia anterior, apenas um sujeitinho bonito, animado, corajoso, com uma roupa azul e um laço vermelho no pescoço, toda aquela informação sobre nobreza o deixou perplexo. E mais perplexo ainda porque Cedric deu a notícia com tal simplicidade e inocência que obviamente não percebia como tudo aquilo era absurdo.

– Co... Como é mesmo seu nome? – perguntou o vendeiro, por fim.

– Cedric Errol, lorde Fauntleroy – respondeu o menino. – Foi assim que o senhor Havisham me chamou. Quando eu entrei na sala, ele disse: "Então este é o pequeno lorde Fauntleroy!".

– Macacos me mordam! – exclamou o senhor Hobbs.

Era a expressão que usava quando ficava muito surpreso ou animado. Naquele instante confuso, foi a única coisa que conseguiu dizer.

Cedric achou que era uma expressão muito apropriada para o momento. Seu respeito e afeição pelo senhor Hobbs eram tão grandes que admirava e aprovava tudo o que o amigo dizia. Não conhecia ainda o suficiente sobre a sociedade para entender que às vezes o senhor Hobbs não era muito convencional. Cedric sabia, é claro, que ele era diferente de sua mãe, mas, afinal, ela era uma dama, e tinha uma vaga ideia de que damas eram sempre diferentes de cavalheiros.

Fitou o senhor Hobbs com ar melancólico.

– A Inglaterra é muito longe, não? – perguntou.

– Fica do outro lado do Oceano Atlântico – respondeu o senhor Hobbs.

– Isso é o pior de tudo – disse Cedric. – Talvez não o veja por muito tempo. Não gosto de pensar nisso, senhor Hobbs.

– Até os melhores amigos às vezes precisam se separar – retrucou o senhor Hobbs.

– Fomos amigos por muitos anos, não fomos? – disse Cedric.

– Desde que você nasceu – respondeu o senhor Hobbs. – Você tinha mais ou menos seis semanas de vida quando percorreu esta rua pela primeira vez.

– Ah – observou Cedric com um suspiro –, naquele tempo não fazia ideia de que precisaria ser um conde!

– Acha – disse o senhor Hobbs – que não há jeito de escapar disso?

– Acredito que não – respondeu Cedric. – Minha mãe diz que meu pai gostaria que eu fosse. Mas, se preciso ser um conde, uma coisa eu posso fazer: tentar ser um bom conde. Não serei um tirano. E, se houver outra guerra com a América, tentarei impedir.

Foi uma longa e séria conversa com o senhor Hobbs. Depois do primeiro choque, o vendeiro não se mostrou tão rancoroso como se poderia esperar; tratou de se resignar com a situação e, antes de o encontro terminar, já fizera muitas perguntas. Como Cedric só sabia responder a algumas, o próprio senhor Hobbs deu as respostas e, mostrando-se muito interessado em condes, marqueses e lordes, ele mesmo explicou muitas coisas de um modo que provavelmente teria espantado o senhor Havisham se ele tivesse ouvido.

Mas muitas coisas espantavam o senhor Havisham. Ele havia passado toda a vida na Inglaterra e não estava acostumado com o povo americano. Por quase quarenta anos viu-se ligado profissionalmente à família do conde de Dorincourt e sabia tudo sobre suas magníficas propriedades, sua enorme fortuna e importância. De modo frio e profissional, sentia interesse por esse garotinho, que, no futuro, seria o amo e senhor de todos eles... O futuro conde de Dorincourt. O advogado sabia tudo sobre a frustração do velho conde a respeito de seus filhos mais velhos e tudo sobre a terrível raiva que ele nutria pelo casamento do capitão Cedric com uma americana. Sabia também quanto o velho conde ainda odiava a meiga viuvinha e só se referia a ela com palavras amargas e cruéis. Insistia que não passava de uma reles garota americana que tinha preparado uma armadilha para se casar com o capitão porque sabia que era filho de um conde.

De certa maneira, o velho advogado também acreditava nisso. Ele havia conhecido muita gente egoísta e mercenária e não tinha uma opinião favorável sobre os americanos. Quando se dirigiu àquela rua pobre e seu cupê parou em frente à casinha modesta, ficou muito chocado. Parecia lamentável pensar que o futuro proprietário do Castelo Dorincourt e de Wyndham Towers e Chorlworth e de todas as outras propriedades esplendorosas tivesse nascido e sido criado em uma casa insignificante, em uma rua com uma espécie de sacolão na esquina.

O advogado imaginava que tipo de criança seria Cedric e que tipo de mãe ele teria. Tremia ao pensar em conhecê-los. Tinha orgulho da nobre família cujos assuntos legais ele vinha conduzindo por tanto tempo e ficaria muito aborrecido se fosse obrigado a lidar com uma mulher vulgar, gananciosa, sem respeito pelo país de origem de seu falecido marido e pela dignidade de seu nome. Era um nome muito antigo e reverenciado, e o senhor Havisham tinha um grande respeito por isso, embora fosse apenas um velho advogado frio e profissional.

Quando Mary o convidou a entrar na pequena sala de visitas, ele olhou em volta com ar crítico. Estava mobiliada com simplicidade, porém havia um clima de aconchego doméstico ali; nada de enfeites baratos nem quadros cafonas sem valor. Os poucos adornos nas paredes eram de bom gosto, e peças de artesanato bonitas estavam espalhadas pela sala, feitas certamente pelas mãos de uma mulher.

"Até agora, nada mau", disse para si mesmo, "mas talvez o bom gosto do capitão tenha predominado." Porém, quando a senhora Errol entrou na sala, ele começou a pensar que ela tinha algo a ver com tudo aquilo. Se não fosse um velho senhor contido e empertigado, talvez tivesse demonstrado surpresa ao vê-la. Com seu vestido preto simples que se ajustava ao corpo esbelto, parecia mais uma mocinha do que a mãe de um menino de sete anos. Tinha um rosto bonito, jovem e tristonho, e uma expressão muito doce e inocente nos grandes olhos castanhos… O olhar triste que quase nunca a abandonava desde que seu marido havia morrido.

Cedric estava acostumado com isso. As únicas vezes que via aquele olhar desaparecer era quando brincava ou conversava com a mãe, citava alguma das suas expressões antigas ou usava uma palavra longa que tinha aprendido nos jornais ou em suas conversas com o senhor Hobbs. Gostava de empregar palavras longas e sempre se alegrava quando elas faziam a mãe rir, embora não entendesse o que havia de engraçado nisso. Palavras longas eram algo sério para ele.

A experiência do advogado o ensinara a ler o caráter das pessoas com muita sagacidade, e, assim que viu a mãe de Cedric, soube que o velho conde havia cometido um grande erro ao pensar que era uma mulher vulgar e mercenária. O senhor Havisham nunca tinha se casado, nem sequer se apaixonado, mas adivinhou que aquela linda e jovem criatura com voz suave e olhos melancólicos havia se casado com o capitão Errol apenas porque o amava, e que nunca tinha passado por sua cabeça que o fato de ele ser filho de um conde fosse importante. Então percebeu que não teria problemas com ela, começando a sentir que, no fim das contas, talvez o pequeno lorde Fauntleroy não fosse uma carga para sua nobre família. O capitão havia sido um homem bonito, e a jovem senhora também era; quem sabe o menino tivesse uma aparência agradável.

Quando Havisham disse à senhora Errol o motivo de sua visita, ela empalideceu.

– Oh! – exclamou. – Ele vai ter que se afastar de mim? Nós dois nos amamos tanto! Ele é uma felicidade tão grande na minha vida! É tudo o que tenho. Tentei ser uma boa mãe. – Sua voz doce e jovem falhou, e lágrimas surgiram em seus olhos. – Não faz ideia do que ele tem sido para mim!

    O advogado limpou a garganta e prosseguiu:

    – Sou obrigado a lhe dizer que o conde de Dorincourt não tem... muita simpatia pela senhora. É idoso, e os preconceitos dele são muito enraizados. Ele sempre desprezou a América e os americanos. Ficou muito zangado com o casamento do filho. Lamento ser o mensageiro de comunicado tão desagradável, mas ele está determinado a não ver a senhora. O plano dele é fazer com que lorde Fauntleroy seja educado sob sua supervisão e que viva com ele. – Limpou a garganta. – O conde é apegado ao Castelo Dorincourt e passa muito tempo lá. Sofre de gota inflamatória e não gosta de Londres. Portanto, lorde Fauntleroy provavelmente viverá a maior parte do tempo em Dorincourt. O conde oferece à senhora como moradia Court Lodge, que fica muito bem situada e próxima do castelo. Também lhe garantirá uma boa renda em dinheiro. Lorde Fauntleroy terá permissão para visitá-la; a única condição será que a senhora não o visite nem transponha os portões da propriedade. – Fez uma pausa e tossiu. – Como pode ver, não ficará realmente separada de seu filho, e garanto, senhora, que os termos desse acordo não são tão duros como... poderiam ter sido. Tenho certeza de que a senhora pode perceber as vantagens de tais ambientes e educação para lorde Fauntleroy.

    Nesse momento, Havisham teve receio de que ela começasse a chorar ou fizesse uma cena como fariam outras mulheres que ele conhecia. Ficava aflito e constrangido quando via mulheres chorar.

    Mas isso não aconteceu. A senhora Errol se dirigiu até a janela e ficou ali parada com o rosto voltado para a rua por alguns instantes, e o advogado percebeu que ela tentava se controlar.

    – O capitão Errol gostava muito de Dorincourt – disse ela, por fim. – Amava a Inglaterra e tudo o que era inglês. Sempre foi uma tristeza para ele se ver separado de sua terra. Tinha orgulho de seu lar e de seu nome. Ele gostaria... Sei que gostaria que seu filho conhecesse os belos e antigos lugares e que fosse educado de modo a se encaixar na sua futura posição.

Então ela voltou para a mesa e fitou o senhor Havisham com grande amabilidade.

– Meu marido gostaria disso – falou. – Será melhor para o meu menininho. Sei... Tenho certeza de que o conde não fará a maldade de tentar fazê-lo não me amar. E sei que... mesmo que tentasse... meu menininho se parece muito com o pai para se deixar influenciar. Tem um caráter caloroso e leal e um coração leal. Ele me amaria mesmo se não me visse; e, enquanto pudermos nos ver, não sofrerei muito.

"Ela não se dá o devido valor", pensou o advogado. "Não tenta estabelecer condições para si mesma".

– Senhora – disse em voz alta –, respeito a consideração que tem pelo seu filho. Ele vai agradecer-lhe por isso quando se tornar adulto. Garanto que lorde Fauntleroy será cuidadosamente protegido, e tudo será feito para garantir a felicidade dele. O conde de Dorincourt está muito ansioso para que tanto ele quanto a senhora tenham conforto e bem-estar.

– Espero – disse a mãezinha carinhosa com a voz um pouco embargada – que o avô ame Ceddie. O garotinho tem uma natureza muito amorosa e sempre foi amado.

O senhor Havisham voltou a pigarrear. Não conseguia imaginar o velho conde artrítico e mal-humorado amando muito uma pessoa. Mas sabia que seria do interesse dele ser bondoso à sua maneira irritável com o menino que seria seu herdeiro. Sabia também que, se Ceddie se mostrasse à altura de seu nome, o avô ficaria orgulhoso.

– Lorde Fauntleroy se sentirá confortável, tenho certeza – respondeu. – Foi pensando na felicidade dele que o conde desejou que a senhora ficasse próxima o suficiente para vê-lo com frequência.

Achou que não seria apropriado repetir as exatas palavras que o conde tinha usado, que na verdade não haviam sido nem educadas nem amáveis.

O senhor Havisham preferiu expressar a oferta de seu nobre patrão com linguagem mais amena e gentil. Mas sofreu outro ligeiro choque quando a senhora Errol pediu que Mary encontrasse o menino e o trouxesse até ela. Mary havia lhe contado onde ele estava.

– Claro que vou logo encontrá-lo, senhora – disse ela. – Pois está neste momento com o senhor Hobbs, sentado na banqueta alta junto ao balcão e discutindo política, divertindo-se em meio às barras de sabão e velas com a maior tranquilidade.

– O senhor Hobbs o conhece desde que nasceu – explicou a senhora Errol para o advogado. – É muito bondoso com Ceddie, e os dois são grandes amigos.

Lembrando-se de ter visto a loja de relance ao passar por ela, e recordando-se dos barris de batata e maçãs e das diversas outras mercadorias, o senhor Havisham voltou a ser assaltado pelas dúvidas. Na Inglaterra, filhos de cavalheiros não faziam amizade com donos de mercearias, e isso lhe pareceu muito singular. Seria terrível descobrir que o menino era grosseiro e com tendências a apreciar companhias vulgares. Uma das maiores humilhações sofridas pelo velho conde havia sido o fato de que seus dois filhos mais velhos apreciavam companhias de baixo nível. "Será", pensou, "que essa criança tinha herdado os defeitos dos tios em vez de ter as boas qualidades do próprio pai?".

Sentia-se desconfortável com tais pensamentos enquanto conversava com a senhora Errol, até que a criança entrou na sala. Quando a porta se abriu, ele hesitou por um momento antes de encarar Cedric.

Talvez fosse parecer estranho a muitas pessoas que conheciam o senhor Havisham perceber as curiosas sensações que o dominaram quando baixou os olhos para o menino que correu para os braços da mãe. Pois o advogado sentiu um tumulto interior muito revigorante. Reconheceu naquele mesmo instante que estava diante de uma das pessoinhas mais distintas e bonitas que já vira.

A beleza do menino era fora do comum. Possuía um corpinho forte, elegante e ágil, além de um rostinho muito viril; erguia a cabeça infantil e tinha um ar corajoso. Era extraordinária sua semelhança com o pai; tinha herdado os mesmos cabelos dourados do capitão e os olhos castanhos da mãe, mas nada havia de tristonho ou tímido neles. Eram olhos inocentes, mas determinados; parecia que nunca temera nem duvidara de nada na sua vida.

O senhor Havisham pensou: "É o menino mais bonito e aparentemente mais bem-educado que já vi". Porém em voz alta apenas disse:

– Então este é o pequeno lorde Fauntleroy.

E, depois disso, quanto mais via o pequeno lorde Fauntleroy, mais se surpreendia com ele. Entendia muito pouco de crianças, embora tivesse conhecido muitas na Inglaterra... Meninas e meninos educados, bonitos, de faces rosadas, que eram cuidados com muito rigor pelos tutores e governantas, alguns tímidos, outros turbulentos, porém nunca nenhum havia despertado o interesse do velho advogado severo e cerimonioso. Talvez seu interesse profissional na fortuna do pequeno lorde Fauntleroy o tivesse feito reparar em Ceddie mais do que nas outras crianças, mas de qualquer modo o garoto chamava muito sua atenção.

Cedric ignorava que estava sendo observado e se comportava do seu jeito habitual. Apertou a mão do senhor Havisham amigavelmente, como sempre fazia, quando foram apresentados, e respondeu a todas as suas perguntas com a mesma presteza e sem hesitação, como ocorria quando conversava com o senhor Hobbs. Não era nem tímido nem ousado, e, quando o senhor Havisham conversava com sua mãe, observou que o menino ouvia com tamanho interesse.

– Parece ser um garotinho muito maduro – comentou o advogado para a mãe.

– Sim, creio que é maduro para algumas coisas – ela respondeu. – Sempre teve muita facilidade para aprender e conviveu grande parte do tempo com adultos. Tem o hábito engraçado de empregar palavras compridas e expressões que leu em livros ou que ouviu de outras pessoas. Mas também gosta muito de brincadeiras infantis. Acho que é muito inteligente, mas não deixa de ser bastante infantil às vezes.

O senhor Havisham viu que isso era verdade na segunda vez que encontrou Cedric. Quando seu cupê virou a esquina, avistou um grupo de meninos muito animados. Dois se preparavam para uma corrida, entre eles o jovem lorde, que gritava e fazia tanto barulho quanto o mais barulhento dos companheiros. Estava ao lado de outro menino com uma perna à frente.

– Um, preparar! – gritou o juiz. – Dois, apontar. Três... Vão!

Instintivamente, o senhor Havisham se debruçou na janela do cupê com muita curiosidade. Não se lembrava de já ter visto nada parecido com o modo como as perninhas com meias vermelhas do pequeno lorde voavam dentro das calças curtas e mal tocavam o chão enquanto disparavam na corrida ao sinal do juiz. Cerrou os punhos, o rostinho contra o vento, os cabelos voando para trás.

– Hurra, Ced Errol! – exclamaram todos os garotos, pulando e soltando gritos animados. – Hurra, Billy Williams! Hurra, Ceddie! Hurra, Billy! Hurra! Hip! Hip!

– Acho que ele vai vencer – murmurou o senhor Havisham, enquanto acompanhava o modo como as meias vermelhas voavam, descendo e subindo, os gritos de incentivo dos outros meninos, os esforços selvagens de Billy Williams cujas pernas dentro de meias marrons não deviam ser menosprezadas e que seguiam logo atrás de Cedric. Tudo isso deixou o advogado empolgado.

"Não posso... deixar de torcer por ele!", pensou o senhor Havisham, tossindo como que para se desculpar. Nesse instante, os gritos selvagens da garotada cresceram acima dos hurras e dos pulos. Com um último salto frenético, o futuro conde de Dorincourt chegou ao poste de iluminação no final do quarteirão e o tocou apenas dois segundos antes de Billy Williams alcançar também, respirando com dificuldade.

– Três hurras para Ceddie Errol! – gritaram os garotinhos. – Hurra para Ceddie Errol!

O senhor Havisham afastou a cabeça da janela do cupê e se recostou no banco com um sorriso seco nos lábios.

– Parabéns, lorde Fauntleroy! – exclamou.

Quando sua carruagem parou diante da porta da senhora Errol, vencedor e derrotado se aproximavam, rodeados pela turma barulhenta.

Cedric caminhava ao lado de Billy Williams e conversava com ele. Seu rostinho exultante estava muito vermelho, os cabelos grudados na testa escaldante e úmida, as mãos enfiadas nos bolsos.

– Olhe – ia dizendo com a clara intenção de abrandar a dor do rival derrotado –, acho que venci porque minhas pernas são um pouco mais compridas que as suas. Acho que foi só por isso. Você sabe, sou três dias mais velho que você, e isso me deu uma vantagem. Três dias mais velho.

E esse ponto de vista pareceu alegrar tanto Billy Williams que ele começou a sorrir para o mundo outra vez e se sentir capaz de caminhar com ar de superioridade como se tivesse vencido a corrida, e não perdido. Ceddie Errol tinha um jeito especial de fazer as pessoas se sentirem bem. Mesmo no calor do triunfo, tinha lembrado que o derrotado poderia não estar se sentindo tão feliz como ele, e gostaria de pensar que ele PODERIA ter vencido em outras circunstâncias.

Naquela manhã, o senhor Havisham teve uma longa conversa com o vencedor da corrida... Uma conversa que fez com que ele esboçasse seu sorriso seco e esfregasse o queixo com a mão ossuda várias vezes.

A senhora Errol precisou sair da sala, e o advogado e Cedric ficaram a sós. De início, o senhor Havisham se pôs pensando sobre o que iria dizer ao pequeno companheiro. Depois, teve a ideia de que talvez fosse melhor falar a respeito de várias coisas que preparariam Cedric para seu encontro com o avô e para a grande mudança que lhe aconteceria. Percebia que o menino não fazia a menor ideia do que veria ao chegar à Inglaterra ou do tipo de lar que o aguardava lá. Ainda nem havia passado por sua cabeça que sua mãe não viveria na mesma casa com ele. Ela e o advogado haviam preferido deixar que Cedric se recuperasse do choque inicial antes de contar.

O senhor Havisham estava sentado em uma poltrona de um lado da janela aberta; do outro lado havia outra poltrona grande, e ali Cedric se sentava fitando o advogado. Estava ereto, mergulhado no enorme assento, a cabeça cacheada apoiada nas costas estofadas da poltrona, as pernas cruzadas e as mãos enfiadas nos bolsos, do mesmo modo como se comportava com o senhor Hobbs. Tinha observado atentamente o senhor Havisham quando a mãe estava na sala e, depois que ela saiu, continuou olhando para ele com respeito, mergulhado em seus pensamentos. Fez-se um breve silêncio assim que a senhora Errol deixou a sala, e Cedric parecia estudar o senhor Havisham, enquanto certamente o senhor Havisham o estudava também. O advogado não conseguia decidir sobre o que um idoso poderia dizer a um garotinho vencedor de corridas, usando calças curtas e meias vermelhas que cobriam pernas que não alcançavam ainda o assoalho quando se recostava em uma poltrona grande como aquela. Então se sentiu aliviado quando o próprio Cedric começou a conversa:

– Sabe – disse –, não faço ideia do que seja um conde.

– Não? – disse o senhor Havisham.

– Não – replicou Ceddie. – E acho que, se um menino vai ser conde, precisa saber o que é isso. Não acha?

— Bem... Sim — respondeu o senhor Havisham.

— Será que o senhor poderia — disse Ceddie com todo o respeito — me "xplicar?" — Às vezes, quando usava palavras mais longas, não as pronunciava corretamente. — Quem o torna um conde?

— Em primeiro lugar, um rei ou uma rainha — respondeu o senhor Havisham. — Em geral ele se torna conde porque realizou algum serviço para seu soberano, ou um grande feito.

— Oh! — exclamou Cedric. — Como o presidente.

— É mesmo? — disse o senhor Havisham. — É por isso que seus presidentes são eleitos?

— Sim — respondeu Cedric todo animado. — Quando um homem é muito bom e sabe muitas coisas, ele é eleito presidente. Organizam procissões com tochas acesas e bandas, e todo mundo faz discursos. Pensei que um dia poderia me tornar presidente, mas nunca um conde. Não sabia nada sobre condes — disse depressa, do contrário o senhor Havisham poderia pensar que era rude não ter desejado ser um. — Se tivesse sabido sobre condes, acho que teria pensado em ser também.

— É muito diferente de ser presidente — explicou o advogado.

— É mesmo? — disse Cedric. — Como assim? Não fazem procissões com tochas?

Foi a vez de o senhor Havisham cruzar as pernas e unir com cuidado as pontas dos dedos. Pensou que talvez tivesse chegado a hora de explicar as coisas com maior clareza.

— Um conde é... uma pessoa muito importante — começou.

— Um presidente também é! — retrucou Ceddie. — As procissões com tochas se estendem por oito quilômetros, e soltam foguetes, e a banda toca! O senhor Hobbs me levou para ver.

— Um conde — prosseguiu o senhor Havisham, incerto sobre onde pisava —, em geral, vem de uma antiga linhagem...

– O que é isso? – perguntou Ceddie.

– De uma família muito antiga... Extremamente antiga.

– Ah! – exclamou Cedric, enfiando as mãos ainda mais fundo nos bolsos. – Acho que é assim com a mulher que vende maçãs perto do parque. Acho que sua lin... neagem é antiga. É tão velha que o senhor ficaria espantado ao ver como consegue ficar de pé. Acho que ela tem cem anos, e mesmo assim fica ali até quando chove. Tenho pena dela, assim como os outros meninos. Certa vez, Billy Williams tinha quase um dólar, e eu pedi que comprasse cinco centavos de maçãs da senhora todos os dias até acabar com o dinheiro. Isso deu vinte dias, e ele se cansou de maçãs depois de uma semana; mas aí... foi muita sorte... um senhor me deu cinquenta centavos, e então fui eu quem comprou as maçãs. Dá pena ver qualquer pessoa que é tão pobre e tem tanta lin... neagem. A velhinha diz que sente dor nos ossos e a chuva piora a situação.

O senhor Havisham se sentiu perdido ao fitar a expressão inocente e séria de seu companheiro.

– Acho que não me entendeu muito bem – explicou. – Quando disse "linhagem antiga", não me referi à idade avançada. Quis dizer que o nome de tal família é conhecido no mundo há muito tempo, e talvez por centenas de anos as pessoas que levam esse nome são conhecidas na história de seu país, e os outros costumam falar a seu respeito.

– Como George Washington – disse Ceddie. – Ouço falar dele desde que nasci, e ele já era conhecido muito antes disso. O senhor Hobbs diz que ele nunca será esquecido. É por causa da Declaração da Independência, o senhor sabe, e do Quatro de Julho. Era um homem muito corajoso.

– O primeiro conde de Dorincourt – prosseguiu o senhor Havisham com reverência – recebeu o título de conde há quatrocentos anos.

– Ora, ora! – exclamou Ceddie. – Faz tempo! Contou isso para a Querida? Iria "intersá-la" muito. Vamos contar quando ela voltar. Ela sempre gosta de ouvir coisas "cur... osas". O que mais faz um conde além de receber o título?

– Muitos deles ajudaram a governar a Inglaterra. Alguns foram homens corajosos e lutaram em grandes batalhas na Antiguidade.

– Gostaria de fazer isso – comentou Cedric. – Papai foi soldado e um homem muito corajoso... Tão corajoso quanto George Washington. Talvez porque seria conde se não tivesse morrido. Fico feliz que os condes sejam corajosos. É uma "va...tagem" grande... ser corajoso. Eu costumava ter muito medo das coisas... Do escuro, o senhor sabe. Mas, quando pensei nos soldados na Revolução e em George Washington, me curei.

– Há outra vantagem em ser conde às vezes – disse o senhor Havisham devagar, e fixou os olhos sagazes no garotinho com expressão bastante curiosa. – Alguns condes têm muito dinheiro.

Estava curioso porque imaginava se seu jovem amiguinho conhecia o poder do dinheiro.

– Isso é bom – disse Ceddie com ingenuidade. – Gostaria de ter muito dinheiro.

– Gostaria? – quis saber o senhor Havisham. – E por quê?

– Existe tanta coisa que as pessoas podem fazer com dinheiro – respondeu Cedric. – Veja, a mulher das maçãs. Se eu fosse muito rico, compraria uma barraquinha para ela, um pequeno fogareiro, e então lhe daria um dólar todas as manhãs quando chovesse para que ela pudesse ficar em casa. E então... Ah! Eu lhe daria um xale. O senhor sabe, assim seus ossos não doeriam tanto. Os ossos dela não são como os nossos; machucam quando ela se mexe. É muito dolorido quando os ossos machucam. Se eu fosse rico para fazer todas essas coisas, acho que os ossos dela ficariam bem.

– Hã... hã! – pigarreou o senhor Havisham. – E o que mais faria se fosse rico?

– Oh! Muito. É claro que compraria muitas coisas bonitas para a Querida, agulheiros e leques e dedais de ouro e anéis, e uma enciclopédia, e uma carruagem para ela não ter que esperar pelo bonde. Compraria vestidos de seda cor-de-rosa se ela gostasse, mas ela prefere usar preto. Porém a levaria às grandes lojas, e diria que olhasse em volta e escolhesse o que quisesse. E então, Dick...

– Quem é Dick? – interrompeu o senhor Havisham.

– Um engraxate – respondeu Sua Senhoria muito animado com seus planos. – É um dos engraxates mais gentis que já se viram. Fica na esquina de uma rua no centro. Eu o conheço há anos. Certa vez, quando eu era muito pequeno, tinha saído com a Querida, e ela me comprou uma linda bola que quicava, e eu estava carregando a bola, e ela caiu e quicou no meio da rua onde passavam carruagens e cavalos, e fiquei tão aborrecido que comecei a chorar... Eu era muito pequeno. Acho que ainda usava fraldas. E Dick estava engraxando os sapatos de um homem, e ele disse "Olá!", e correu no meio dos cavalos e pegou a bola para mim, limpando com seu casaco, e me devolveu dizendo: "Tudo bem, garoto". Então, Querida o admirou muito, e eu, também, e desde esse dia, quando vamos ao centro, conversamos com ele. Dick diz "olá!", e eu digo "olá!", e então conversamos um pouco, e ele me conta como andam os negócios. No momento não andam muito bem.

– E o que gostaria de fazer por ele? – perguntou o advogado, esfregando a mão no queixo e sorrindo de modo misterioso.

Lorde Fauntleroy se acomodou melhor na poltrona com ar de empresário.

– Compraria a parte de Jake.

– E quem é Jake? – quis saber o senhor Havisham.

– É o sócio de Dick, e o pior sócio que alguém pode ter! É o que diz Dick. Não traz nada de bom aos negócios e não é honesto. Trapaceia, e isso deixa Dick furioso. O senhor também ficaria furioso se engraxasse sapatos o tempo todo e fosse honesto, e o seu sócio, não. Os fregueses gostam de Dick, mas não gostam do Jake, então às vezes não voltam. Se eu fosse rico, compraria a parte de Jake e uma placa com "Proprietário" escrito nela para dar a Dick... Ele diz que uma placa de "Proprietário" é boa para os negócios. E compraria novas roupas e novas escovas para ele e o faria recomeçar bem. Ele diz que tudo que quer é recomeçar bem.

Nada poderia ser mais confiante e inocente do que a maneira como o pequeno lorde contava sua história, citando as tiradas do amigo Dick com a maior boa-fé. Parecia ter absoluta certeza de que o velho advogado estava tão interessado quanto ele. E, na verdade, o senhor Havisham começava a se interessar muito; mas talvez não tanto a respeito de Dick e da mulher das maçãs quanto sobre aquele bondoso pequeno lorde cuja cabeça loira se ocupava tanto, naquela casinha simples, com planos altruístas para seus amigos e que parecia se esquecer de si mesmo.

– Não há alguma coisa... – principiou o advogado. – O que gostaria para si mesmo se fosse rico?

– Muitas coisas! – respondeu lorde Fauntleroy com brusquidão. – Mas primeiro daria algum dinheiro para Mary, para Bridget... A irmã dela que tem doze filhos e um marido desempregado. Ela vem aqui em casa e chora, e Querida lhe dá coisas dentro de uma cesta, e aí ela chora de novo e diz "Deus a abençoe, linda senhora", e fico pensando que o senhor Hobbs gostaria de uma corrente e relógio de ouro como lembrança minha, e um cachimbo de espuma do mar. E aí então gostaria de criar um batalhão.

– Um batalhão! – exclamou o senhor Havisham.

– Como um comício republicano – explicou Cedric, ficando muito animado. – Teria tochas, uniformes e coisas para todos os meninos e para mim também. E iríamos marchar e nos exercitar como os militares. É o que arrumaria para mim se fosse rico.

A porta se abriu, e a senhora Errol entrou.

– Desculpe ter precisado deixá-los por tanto tempo – disse ela ao senhor Havisham –, mas uma pobre mulher que está com muitos problemas veio me ver.

– Este jovem cavalheiro – disse o senhor Havisham – estava me contando sobre alguns de seus amigos e o que faria por eles se fosse rico.

– Bridget é uma de suas amigas – disse a senhora Errol. – Era com ela que estava conversando na cozinha. Está com muitos problemas no momento porque o marido dela tem febre reumática.

Cedric deslizou de sua grande poltrona.

– Acho que vou falar com ela – disse – e perguntar como vai o marido dela. Ele é muito simpático quando está bem. Sou agradecido porque uma vez me fez uma espada de madeira. Tem muito talento.

Saiu correndo da sala, e o senhor Havisham se levantou também. Parecia querer falar sobre algo que tinha em mente. Hesitou por um momento e depois disse, baixando os olhos para a senhora Errol:

– Antes de deixar o Castelo de Dorincourt, tive um encontro com o conde, e ele me deu algumas instruções. Quer que o neto pense em sua vida futura na Inglaterra com prazer e que deseje conhecer o avô. Disse que preciso deixar claro para Sua Senhoria que a mudança em sua vida lhe trará dinheiro e as alegrias de que as crianças apreciam; que, se ele expressar algum desejo, devo conceder, explicando que o avô é quem lhe proporcionou essas coisas. Tenho certeza de que o conde não esperava nada como isso, mas, se lorde Fauntleroy teria prazer em ajudar a pobre mulher, creio que o avô dele ficaria aborrecido se o desejo dele não fosse satisfeito.

Pela segunda vez o advogado não repetiu as exatas palavras do conde, que, na verdade, havia dito:

– Faça o menino entender que posso lhe dar tudo o que quiser e o que significa ser neto do conde de Dorincourt. Compre tudo o que ele desejar. Deixe que tenha dinheiro nos bolsos e diga que foi o avô dele que colocou ali.

Suas razões estavam longe de ser generosas e, se estivesse lidando com um caráter menos amoroso e um coração menos bondoso que o de lorde Fauntleroy, muito mal seria feito com tal atitude. E a mãe de Cedric era delicada demais para suspeitar de algum mal. Pensava que talvez tanta generosidade se originasse de um homem solitário e infeliz cujos filhos haviam morrido e que desejava fazer o bem para o garotinho, conquistando seu amor e confiança.

E a senhora Errol ficou contente em pensar que Ceddie teria meios para ajudar Bridget. E ficou mais feliz ainda por saber que a primeira consequência resultante da grande sorte que havia recaído sobre seu filhinho era que poderia ser caridoso com os que necessitavam. E isso fez com que o rosto jovem da senhora Errol adquirisse uma cor rosada como de uma flor desabrochando.

– Oh! – exclamou. – É muita bondade do conde. Cedric vai ficar tão contente! Sempre gostou de Bridget e Michael. Eles merecem, e gostaria de poder ajudá-los mais. Michael é um homem muito trabalhador quando está bem de saúde, porém anda doente há muito tempo e necessita de remédios caros, roupas quentes e boa alimentação. Ele e Bridget não vão esbanjar com tolices o dinheiro que lhes dermos.

O senhor Havisham enfiou a mão no bolso do colete e retirou uma grande carteira. Um olhar estranho iluminava seu rosto com interesse. Na verdade, refletia sobre o que o conde de Dorincourt diria quando lhe contasse qual havia sido o primeiro desejo de seu neto. Imaginou o que pensaria disso o velho nobre materialista e egoísta.

– Não sei se a senhora já compreendeu – disse ele – que o conde de Dorincourt é um homem extremamente rico. Pode dar-se ao luxo de satisfazer qualquer capricho. Creio que lhe agradaria saber que lorde

Fauntleroy receberá tudo o que deseja. Se a senhora puder chamá-lo de volta e me permitir, eu lhe darei cinco libras para dar a esse casal.

– Isso seriam vinte e cinco dólares! – exclamou a senhora Errol. – Vai parecer uma fortuna para eles. Mal posso acreditar que seja verdade.

– Sem dúvida é verdade – disse o senhor Havisham com seu sorriso seco. – Uma grande mudança ocorreu na vida de seu filho, e um grande poder será colocado em suas mãos.

– Oh! – suspirou a mãe. – Ele ainda é tão pequeno... Um menino muito pequeno. Como agirei para ensiná-lo a fazer bom uso do dinheiro? Fico um pouco receosa. Meu lindo e pequeno Ceddie!

O advogado pigarreou discretamente. Ver o olhar tímido e meigo da senhora Errol emocionava seu velho coração insensível e pragmático.

– Creio, minha senhora – disse por fim –, que, segundo a conversa que tive com lorde Fauntleroy nesta manhã, o próximo conde de Dorincourt pensará nos outros tanto quanto em sua nobre pessoa. Ainda é apenas uma criança, mas acho que é confiável.

Então a mãe foi buscar Cedric e o trouxe de volta para a sala. O senhor Havisham o ouviu falar antes mesmo de entrar.

– É reumatismo "infam-natório" – estava dizendo. – E é um tipo terrível de reumatismo. E ele está preocupado com o aluguel que não foi pago, e Bridget diz que isso piora a "inf-amação". E seu filho Pat poderia arrumar um emprego em uma loja se tivesse roupas.

Seu rosto estava ansioso ao entrar na sala. Sentia muita pena de Bridget.

– Querida avisou que o senhor quer falar comigo – disse para o senhor Havisham. – Estava conversando com Bridget.

O senhor Havisham baixou os olhos para o menino por um momento. Sentia-se um pouco desconfortável e indeciso. Como havia dito sua mãe, Cedric era apenas um garotinho.

– O conde de Dorincourt – começou, e então encarou sem querer a senhora Errol.

De súbito a mãe se ajoelhou ficando da mesma altura do filho, passando os braços carinhosos por seu corpinho.

– Ceddie – disse –, o conde é seu avô, pai de seu pai. Ele é muito, muito generoso, ama você e quer que você o ame porque os filhos dele, que eram os garotinhos dele, morreram. Deseja que você seja feliz e que faça outras pessoas felizes. Ele é muito rico e quer que você tenha tudo o que sonhar. Disse isso para o senhor Havisham e entregou muito dinheiro para ele dar a você. Já pode dar algum para Bridget; o suficiente para ela pagar o aluguel e comprar tudo de que Michael precisa. Não é ótimo, Ceddie? Seu avô não é bondoso? – E beijou a bochecha gorducha do filho, que de repente havia ficado muito vermelha com a surpresa.

Cedric olhou da mãe para o advogado.

– Posso pegar o dinheiro agora? – quase gritou. – Posso dar para Bridget agora mesmo? Ela já está indo embora.

O senhor Havisham lhe entregou o dinheiro. Era um rolo de notas novas e verdes.

Ceddie voou da sala com o dinheiro.

– Bridget! – ouviram que gritava ao entrar na cozinha. – Bridget, espere um minuto! Aqui tem algum dinheiro. É para você pagar o aluguel. Foi meu avô quem me deu. Para você e Michael!

– Oh, senhor Ceddie! – exclamou Bridget, a voz demonstrando surpresa. – São vinte e cinco dólares que tem aqui. Onde está a senhora?

– Acho que preciso ir lá explicar a ela – disse a senhora Errol ao ouvir Bridget.

Então também saiu da sala, e o senhor Havisham ficou sozinho por um tempo. Dirigiu-se à janela e permaneceu ali olhando para a rua, pensativo. Imaginou o velho conde Dorincourt sentado em sua enorme, esplêndida e sombria biblioteca no castelo, com gota e solitário, cercado de luxo e grandiosidade, mas não sendo de fato amado por ninguém, porque durante toda a sua longa vida jamais tinha amado uma pessoa a não ser a si próprio; havia sido egoísta e indulgente consigo mesmo, arrogante e passional; deu tanta importância ao conde de Dorincourt e aos seus prazeres que não teve tempo para pensar nas outras pessoas. Toda a sua fortuna e poder, todos os benefícios advindos de seu nome nobre e sua classe elevada pareciam para ele servir apenas para diverti-lo e lhe dar prazer. E, agora que era idoso, a euforia e a indulgência consigo mesmo só haviam prejudicado sua saúde e o deixado irritadiço e com raiva do mundo, que por sua vez também não gostava dele.

Apesar de todo o esplendor, nunca havia existido um velho nobre tão impopular quanto o conde de Dorincourt, e certamente não havia outro tão solitário. Ele poderia encher seu castelo com convidados se assim o desejasse. Poderia organizar grandes jantares e esplêndidas reuniões de caça, porém sabia que secretamente as pessoas que aceitassem seu convite tinham medo de seu rosto velho e carrancudo e de seus comentários sarcásticos e mordazes. Possuía uma língua ferina e um caráter amargo e sentia prazer em zombar dos outros e fazê-los se sentir mal porque eram sensíveis, orgulhosos ou tímidos, e ele tinha poder para isso.

O senhor Havisham conhecia de cor seus modos difíceis e amedrontadores e pensava no velho enquanto olhava pela janela a rua estreita e quieta. E na sua mente surgiu de repente, como profundo contraste, a imagem do garotinho feliz e bonito sentado na enorme poltrona e contando a história de seus amigos, Dick e a mulher das maçãs, com seu jeito generoso, inocente e honesto. E lembrou a imensa fortuna, as propriedades majestosas e belas, a riqueza e o poder para o bem ou para o mal, que no seu devido tempo cairiam nas pequenas e gorduchas mãos de lorde Fauntleroy, enfiadas no fundo dos seus bolsos.

"Vai fazer uma grande diferença", disse para si mesmo. "Uma diferença enorme."

Logo depois, Cedric e sua mãe retornaram à sala. Cedric estava muito bem-humorado. Sentou-se em sua própria poltrona entre a mãe e o advogado, com as mãos nos joelhos. Seu rosto reluzia de satisfação com a felicidade e o alívio de Bridget.

– Ela chorou! – exclamou o menino. – Disse que chorava de felicidade! Nunca tinha visto ninguém chorar quando está feliz. Meu avô deve ser um homem muito bom. Não sabia que era tão bom. É mais... mais agradável ser conde do que imaginei. Estou quase contente... QUASE contente porque um dia serei também um conde.

3

As vantagens que Cedric via em ser um conde aumentaram muito na semana seguinte. Parecia quase impossível para ele perceber que existia muito pouca coisa que desejasse fazer e que não conseguisse com facilidade; na verdade, creio que não percebia isso de jeito nenhum. Mas pelo menos compreendeu, após algumas conversas com o senhor Havisham, que poderia realizar todos os seus desejos imediatos, e foi isso que Cedric começou a fazer com uma simplicidade e satisfação que divertiram muito o advogado.

Na semana anterior à viagem para a Inglaterra, Cedric fez muitas coisas curiosas. Por muito tempo, ficaria na memória do advogado a manhã em que foram juntos ao centro da cidade para visitar Dick, e a tarde em que surpreenderam tanto a velha de linhagem antiga que vendia maçãs, parando à frente de sua banca e informando que ela teria uma verdadeira barraca, um fogareiro e um xale, além de dinheiro; a velhinha ficou maravilhada.

– Tenho que ir para a Inglaterra ser um lorde – explicou Cedric com seu jeito carinhoso. – E não quero ficar pensando nos seus ossos toda vez que chover. Meus ossos nunca doem, então não sei como podem fazer uma pessoa sofrer, mas simpatizo muito com a senhora, e espero que se sinta melhor.

– Ela é uma ótima mulher das maçãs – confidenciou para o senhor Havisham quando se afastaram, deixando a proprietária da banca quase sem ar de tanta alegria e incapaz de acreditar na sua boa sorte. – Uma vez, quando caí e machuquei o joelho, ela me deu uma maçã de graça. Sempre me lembrarei disso. A gente nunca esquece as pessoas que são bondosas conosco.

Nunca havia passado por sua cabeça, simples e honesta, que existiam pessoas que se esqueciam, sim, de quem lhes fazia o bem.

A visita a Dick foi muito interessante. O engraxate estava tendo grandes problemas com Jake, seu sócio, e se encontrava deprimido quando eles chegaram. Quando Cedric calmamente anunciou que estava ali para lhe dar uma coisa muito importante que resolveria todos os seus problemas, ele quase ficou mudo.

Os modos de lorde Fauntleroy para anunciar o objetivo de sua ida até lá para encontrá-lo foram muito simples e sem cerimônia. O senhor Havisham estava muito impressionado com a objetividade do garoto e ficou parado ouvindo. O anúncio de que o amigo havia se tornado lorde e corria o risco de virar conde se vivesse o suficiente fez com que Dick arregalasse os olhos e abrisse tanto a boca que seu boné caiu da cabeça. Quando o levantou, deixou escapar uma exclamação que o senhor Havisham nunca tinha ouvido, mas Cedric, sim.

– Minha nossa! – disse o engraxate. – Que história é essa?

Isso deixou o pequeno lorde um pouco constrangido, mas ele se controlou com dignidade.

– Logo que conto, ninguém me acredita – disse. – O senhor Hobbs pensou que eu estava com insolação. Assim que me contaram, também não gostei da novidade, mas estou me acostumando com a ideia. No momento, o conde é o meu avô, e ele quer que eu faça tudo o que desejo. Ele é muito bom por SER um conde e me mandou um monte de dinheiro pelo senhor Havisham, e eu trouxe um pouco agora para você comprar a parte de Jake na sociedade.

E, para encurtar a história, Dick pôde comprar a parte de Jake e se viu como o único dono do negócio, com escovas novas, roupas e uma deslumbrante placa comercial. Mal acreditava na sua boa sorte, como tinha acontecido com a mulher das maçãs de linhagem antiga; andava como se estivesse em transe; encarou seu benfeitor pensando que a qualquer momento despertaria. Parecia não atinar com nada, até que Cedric estendeu a mão para se despedir antes de viajar.

– Então, adeus – disse lorde Fauntleroy, e, embora tentasse falar com firmeza, sua voz tremeu um pouco e piscou os grandes olhos castanhos. – Espero que os negócios passem a ir bem. Lamento ter que partir e deixar você, mas talvez volte quando for conde. E vou ficar esperando cartas suas, porque sempre fomos bons amigos. E, se me escrever, mande a carta para este endereço. – Entregou a Dick um pedaço de papel. – E meu nome não é mais Cedric Errol, é lorde Fauntleroy, e... Adeus, Dick.

O engraxate também piscou os olhos, que estavam úmidos. Não era um engraxate muito educado, e teria dificuldade em expressar e explicar como se sentia nesse momento se tentasse. Talvez por isso não tentou. Só piscou e engoliu em seco.

– Gostaria que você não fosse embora – disse com voz rouca. E piscou de novo. Depois olhou para o senhor Havisham e tocou a aba do boné.

– Obrigado, moço, por trazer meu amigo aqui e pelo que fez. Ele... Ele é um sujeitinho muito estranho – acrescentou. – Sempre gostei muito dele, é muito engraçado e... tão diferente.

E, quando o advogado e Cedric deram as costas, Dick ficou ali parado como se estivesse hipnotizado, e ainda havia uma névoa em seus olhos e um nó na garganta enquanto observava a figurinha elegante marchando feliz ao lado de seu acompanhante alto e orgulhoso.

Até o dia de sua partida, Cedric passou o maior tempo possível com o senhor Hobbs na loja. A tristeza dominava o vendeiro; estava muito deprimido. Quando seu jovem amigo lhe trouxe um presente de despedida, uma corrente e um relógio de ouro, o senhor Hobbs teve dificuldade em agradecer direito. Pousou a caixa sobre o joelho gordo e assoou o nariz várias vezes com estrondo.

– Tem uma coisa escrita no relógio – disse Cedric. – Eu mesmo disse ao homem o que escrever. "De seu velho amigo, lorde Fauntleroy, para o senhor Hobbs. Quando olhar para isto, lembre-se de mim." Não quero que se esqueça de mim.

O senhor Hobbs voltou a assoar o nariz com força.

– Não me esquecerei de você – disse o homem, com voz um pouco rouca como a de Dick. – E você também não se esqueça de mim quando se misturar com a aristocracia britânica.

– Não me esqueceria do senhor fosse lá onde eu estivesse – respondeu o pequeno lorde. – Passei as horas mais felizes na sua companhia, pelo menos algumas delas. Espero que venha me visitar um dia. Tenho certeza de que meu avô ficará muito contente. Talvez até escreva para convidar o senhor quando eu falar a seu respeito. O senhor… Não se importa que ele seja um conde, não é? Quero dizer, não recusaria o convite se fosse convidado só porque ele é conde, não é?

– Iria visitar você – respondeu o senhor Hobbs com elegância.

Então pareceu ficar combinado que, caso ele recebesse um convite insistente por parte do conde para passar alguns meses no Castelo

Dorincourt, o senhor Hobbs deixaria de lado seus preconceitos republicanos e faria logo a mala.

Por fim, todos os preparativos foram feitos. Chegou o dia. Os baús foram levados para o navio, e a carruagem parou na porta da casa de Cedric. Então uma estranha sensação de solidão o invadiu. Sua mãe havia se trancado no quarto por algum tempo. Quando desceu as escadas, seus olhos pareciam maiores e úmidos, e sua boca tão doce tremia. Cedric se aproximou dela, a senhora Errol se inclinou, e ele a abraçou, e se beijaram. Cedric sabia que existia alguma coisa que os fazia sofrer nesse instante, mas não entendia o quê. Porém um pensamento amoroso lhe ocorreu, e disse:

– Gostamos desta casinha, não é, Querida? Sempre gostaremos, não é verdade?

– Sim... Sim – ela respondeu em voz baixa e terna. – Sim, meu querido.

E depois entraram na carruagem, e Cedric se sentou bem perto dela. Quando a mãe olhou para trás pela janela, ele a encarou e apertou sua mão.

E de repente estavam no navio, no meio da maior algazarra e confusão: carruagens chegavam deixando passageiros; alguns desses passageiros ficavam frenéticos por causa de bagagens que não haviam chegado e que poderiam chegar tarde demais; grandes baús e caixas eram empilhados e arrastados; marujos recolhiam cordas e corriam de um lado para o outro; oficiais davam ordens; damas e cavalheiros, crianças e babás subiam a bordo... alguns rindo e parecendo felizes, alguns em silêncio e tristes, aqui e ali alguém chorava, tocando os olhos com o lenço. Por todos os lados, Cedric encontrava alguma coisa que chamava sua atenção; olhou para a pilha de cordas, para as velas enfunadas, para os mastros muito altos que pareciam quase alcançar o céu azul. Começou a fazer planos para conversar com os marinheiros e obter informações sobre os piratas.

Foi bem na hora de o navio zarpar, quando ele estava debruçado no parapeito do deque superior e observando os preparativos finais, apreciando a animação e os gritos dos marinheiros e dos homens no cais, que sua atenção foi captada por um leve tumulto em um dos grupos perto dele. Alguém forçava passagem em meio às pessoas indo na sua direção. Era um rapaz com alguma coisa vermelha na mão. Dick. Alcançou Cedric já sem fôlego.

– Corri o caminho todo – disse. – Vim ver você partir. Os negócios estão bombando! Comprei isto para você com o que ganhei ontem. Pode usar quando estiver no meio dos bacanas. Perdi o papel que você me deu quando tentava passar pelos sujeitos lá embaixo. Não queriam me deixar subir. É um lenço.

Ele despejou todas as palavras de um fôlego só. Um sino tocou, e Dick desapareceu com um pulo antes que Cedric tivesse tempo de falar.

– Adeus! – berrou o engraxate já sem fôlego de novo. – Use no meio dos bacanas. – Desapareceu tão depressa quanto havia chegado. Segundos depois, Cedric o viu acotovelando a multidão no deque inferior e correndo para a terra antes que a prancha de embarque fosse retirada. Ficou parado no cais acenando com o boné.

Cedric segurou o lenço na mão. Era de seda vermelha brilhante, decorado com ferraduras cor de púrpura e cabeças de cavalos.

Uma grande excitação e confusão tomou conta do navio nesse momento. As pessoas no cais começaram a berrar para os amigos que partiam, e os passageiros gritavam de volta.

– Adeus! Adeus! Adeus, meu amigo! – diziam todos. – Não se esqueçam de nós. Escrevam quando chegarem a Liverpool. Adeus! Adeus!

O PEQUENO LORDE

O pequeno lorde Fauntleroy se debruçou e acenou com seu lenço vermelho.

– Adeus, Dick! – gritou com toda a força – Obrigado! Adeus, Dick!

E a grande embarcação foi embora, a multidão gritou de novo, a mãe de Cedric baixou o véu sobre os olhos, enquanto uma grande confusão continuava em terra firme. Mas Dick nada via além do rostinho infantil e dos cabelos brilhantes sob o sol, fustigados pela brisa, e nada mais ouvia além da voz infantil e calorosa gritando "Adeus, Dick!" à medida que, lentamente, o navio com o lorde Fauntleroy se afastava do lugar de seu nascimento rumando para a terra desconhecida de seus antepassados.

4

Foi durante a viagem que a mãe de Cedric lhe contou que não morariam na mesma casa. Quando ele ouviu isso, ficou tão triste que o senhor Havisham percebeu que o conde havia agido com perspicácia ao fazer os arranjos para a mãe viver bem perto do filho e vê-lo com frequência. Estava muito claro que o menino não teria suportado a separação de outra maneira. Porém, a senhora Errol sabia manipular Cedric com tanta doçura e amor, explicando que estariam muito perto um do outro, que, após um tempo, ele não mais temeu uma separação de verdade.

– Minha casa não fica longe do castelo, Ceddie – ela repetia cada vez que o assunto vinha à tona. – É pertinho da sua, poderá correr para mim todos os dias, e terá tantas coisas para me contar! Seremos tão felizes juntos! É um lindo lugar. Seu pai sempre me falava dele. Amava muito o castelo, e você vai amar também.

– Amaria mais se você morasse ali – disse o pequeno lorde com um grande suspiro.

Ele se sentia confuso com aquela situação que colocava sua "Querida" em uma casa, e ele, em outra.

A verdade era que a senhora Errol resolveu não lhe explicar o motivo para tal arranjo.

– Prefiro que ele não saiba – disse ela ao senhor Havisham. – Ele não conseguiria compreender. Só ficaria chocado e magoado. E tenho certeza de que os sentimentos dele pelo conde serão mais espontâneos e amorosos se ignorar que o avô tem tanta raiva de mim. Cedric nunca conheceu o ódio ou a dureza, e seria um grande golpe para ele descobrir que alguém pode me odiar. É tão amoroso e gosta tanto de mim! Melhor não saber disso até ser mais velho, e será bem melhor também para o conde. Criaria uma barreira entre os dois, mesmo Cedric sendo tão criança.

Então a única coisa que Cedric soube foi que havia um motivo misterioso para aquele arranjo, uma razão que ainda não tinha idade para saber, mas que lhe seria explicada quando fosse maior. Estava confuso, mas, afinal, não muito interessado nas razões, e, após várias conversas com a mãe, quando ela o confortou e lhe mostrou o lado bom das mudanças, o lado sombrio pouco a pouco começou a desaparecer, embora de vez em quando o senhor Havisham o visse sentado, olhando para o mar com expressão grave, e várias vezes o ouvisse suspirar como gente grande.

– Não gosto disso – confessou certa vez quando mantinha uma das conversas quase cerimoniosas com o advogado. – Não faz ideia do quanto eu não gosto. Mas existem muitos problemas neste mundo, e temos que suportar. É Mary quem diz isso, e ouvi o senhor Hobbs dizer a mesma coisa. Querida deseja que eu goste de morar com meu avô porque, o senhor sabe, todos os filhos dele morreram, e isso é muito triste. A gente sente pena de um homem que perdeu todos os filhos... E um deles morreu de repente.

Uma das coisas que sempre deliciavam as pessoas que conheciam o jovem lorde era o ar sábio no seu semblante infantil quando se entregava a uma conversa... E isso, combinado aos comentários adultos que às vezes fazia com o rostinho inocente e sério, era irresistível.

Cedric era um garotinho bonito e animado, de cabelos cacheados, e, quando se sentava e segurava os joelhos com as mãos gorduchas e conversava com tanta gravidade, seus ouvintes se deleitavam. Aos poucos o senhor Havisham começou a sentir também uma grande satisfação e a se divertir muito na companhia do garoto.

– Então vai tentar gostar do conde – disse ele.

– Sim – respondeu o pequeno lorde. – Ele é meu parente, e é claro que devemos gostar dos nossos parentes. Além disso, tem sido muito bom para mim. Quando uma pessoa faz tantas coisas por você e quer que você tenha tudo o que deseja, lógico que vai gostar dela se não for da sua família. Mas, quando é um parente e faz essas coisas, ora, então você gosta muito dela.

– E acha – perguntou o senhor Havisham – que ele gostará de você?

– Bom – disse Cedric –, acho que sim, porque, o senhor sabe, também sou parente dele, e sou o filho do filho dele, além disso... É claro que já deve gostar de mim agora ou não ia querer que eu tivesse tudo o que desejo, e não teria mandado o senhor me buscar.

– Oh! – exclamou o advogado. – Então é assim?

– Sim – disse Cedric –, é assim. O senhor também não acha que é assim? É certo que um homem goste do seu neto.

Os passageiros que haviam sofrido de enjoo e mal tinham se recuperado voltaram para o deque a fim de se reclinar nas espreguiçadeiras e se divertir, e todos pareciam conhecer a romântica história do pequeno lorde Fauntleroy e se interessavam pelo garotinho que corria pelo navio, passeava com sua mãe ou com o velho advogado alto e magro ou conversava com os marinheiros. Todos gostavam dele; fazia amigos aonde quer que fosse. Estava sempre pronto a fazer amizades. Quando os cavalheiros andavam para cima e para baixo no deque e deixavam Cedric acompanhá-los, ele adquiria um andar de adulto muito firme com seus passos curtos e respondia a todas as brincadeiras deles com grande satisfação. Quando as damas falavam com ele, havia sempre risadas no grupo onde Cedric era a atração principal; quando brincava com as outras crianças, todas sempre se divertiam muito.

Entre os marinheiros tinha os melhores amigos; ouvia histórias incríveis sobre piratas, naufrágios e ilhas desertas. Aprendeu a emendar as cordas e montar navios de brinquedo, além de adquirir uma surpreendente quantidade de informações a respeito de assuntos "prioritários" e "importantes". Aliás, seus assuntos passaram a conter muitos termos náuticos, e certa vez arrancou muitas gargalhadas em um grupo de damas e cavalheiros sentados no deque, embrulhados em seus xales e sobretudos, ao dizer com expressão simpática e toda a pureza do mundo:

– Pelas barbas do pirata! O dia está muito frio!

Cedric ficou surpreso quando todos riram. Ele havia aprendido essa expressão do mar com "um homem da Marinha bastante idoso" chamado Jerry que lhe contava histórias nas quais esse termo aparecia muito.

A julgar pelos relatos das próprias aventuras, Jerry já havia feito cerca de duas ou três mil viagens, e em todas elas tinha passado por um naufrágio e ficado preso em ilhas densamente habitadas por canibais sedentos de sangue. E, segundo essas aventuras excitantes, fora parcialmente assado e devorado com frequência, e escalpelado cerca de quinze ou vinte vezes.

– Por isso é tão careca – explicou lorde Fauntleroy para sua mãe. – Depois de ser escalpelado várias vezes, o cabelo nunca mais cresce. O de Jerry nunca mais cresceu depois que o rei dos parromachaweekins o escalpelou com uma faca feita com o crânio do chefe dos wopslemumpkies. Ele disse que foi um dos momentos mais sérios de sua vida. Teve tanto medo que os cabelos dele ficaram em pé quando o rei ergueu a faca. E nunca voltaram ao lugar, e o rei os usa assim agora parecendo uma escova. Nunca ouvi nada igual às histórias de Jerry! Como gostaria de contar para o senhor Hobbs!

Às vezes, quando o tempo estava muito ruim e os passageiros eram obrigados a ficar abaixo dos deques no salão, um grupo de seus amigos adultos persuadia Cedric a contar algumas dessas "asperiências" de Jerry, e ele ficava sentado relatando-as com grande prazer e convicção. Sem dúvida, não havia passageiro mais popular em nenhum outro navio que cruzasse o Atlântico do que o pequeno lorde Fauntleroy. Estava sempre pronto com seu modo inocente e bem-humorado a dar o melhor de si para entreter as pessoas, e a total inconsciência sobre sua importância infantil era um charme.

– As histórias de Jerry "intressam" muito essas pessoas – disse à mãe. – Da minha parte... Desculpe, Querida... Poderia duvidar que são verdadeiras se não tivessem acontecido com o próprio Jerry; mas, como todas aconteceram com ele... Bem, é muito estranho, e pode ser que ele fique um pouco esquecido e cometa algum engano, já que foi tantas vezes escalpelado. Ser escalpelado tantas vezes pode deixar a pessoa esquecida.

Onze dias após sua despedida do amigo Dick, eles chegaram a Liverpool. E foi na noite do décimo segundo dia que a carruagem que levava da estação Cedric, sua mãe e o senhor Havisham parou diante dos portões de Court Lodge. Não conseguiram ver muita coisa da casa no escuro. Cedric apenas percebeu que havia um caminho sob grandes árvores que formavam um arco, e, depois que a carruagem percorreu esse caminho curto, viu uma porta aberta e um facho de luz dentro da casa.

Mary tinha viajado com eles para servir sua patroa e chegara à casa antes. Quando Cedric pulou da carruagem, viu dois empregados de pé no amplo e reluzente saguão. Mary estava parada na soleira da porta.

Lorde Fauntleroy correu para ela com um grito de alegria.

– Você está aqui, Mary? Aqui está Mary, Querida. – E beijou a face avermelhada da criada.

– Estou feliz que já tenha chegado, Mary – disse a senhora Errol em voz baixa. – É tão reconfortante ver você. Evita a estranheza deste lugar. – E estendeu a mão pequena, que Mary apertou de modo encorajador. Sabia como a mãe de Cedric devia sentir esse "estranhamento" depois que deixara o próprio país e estava para entregar seu filho.

Os criados ingleses olharam com curiosidade para o menino e sua mãe. Haviam escutado todo tipo de boatos sobre os dois; sabiam sobre a raiva do velho conde e por que a senhora Errol devia morar no pavilhão, e seu filhinho, no castelo; sabiam tudo sobre a imensa fortuna que ele iria herdar e sobre o velho avô implacável, sua gota e seu mau humor.

– Não vai ser fácil para o garoto, coitadinho – comentavam entre si.

Entretanto, não sabiam nada a respeito do pequeno lorde que estava chegando para morar ali. Não conheciam ainda o caráter do futuro conde de Dorincourt.

Cedric tirou seu sobretudo porque estava acostumado a fazer isso sozinho e começou a olhar em volta. Fitou o amplo vestíbulo, os quadros, as galhadas de cervos e todas as coisas curiosas que o ornavam. Pareciam curiosas para ele porque nunca tinha visto tais coisas em uma residência.

– Querida – disse –, é uma casa muito bonita, não acha? Fico feliz que vá morar aqui. E é bem grande.

Era bem grande em comparação com aquela da rua modesta de Nova York, além de bonita e alegre. Mary os conduziu escada acima até um quarto claro com cortinas de algodão brilhante onde uma lareira estava acesa e um grande gato persa branco como a neve dormia refestelado sobre um tapete também branco em frente ao fogo.

– Foi a governanta do castelo, patroa, que se encarregou de tudo – explicou Mary. – É uma mulher de bom coração e garantiu que tudo fosse preparado para receber a senhora. Eu a vi por alguns minutos, e ela disse que gostava muito do capitão, patroa, e chorou por ele. E pediu que lhe dissesse que o gato grande dormindo no tapete poderá tornar o quarto mais aconchegante para a senhora. Conheceu o capitão quando era criança... Disse que era um lindo menino e depois um ótimo rapaz, sempre com uma palavra amável para todos, grandes e pequenos. E eu disse a ela: "O garotinho puxou ao pai, senhora, pois não existe garotinho melhor".

Quando ficaram prontos, desceram e foram para uma sala ampla e iluminada. O teto era baixo, e a mobília entalhada era pesada e bonita; as poltronas eram fundas com espaldares altos em madeira maciça, e havia prateleiras estranhas e armários com vitrines contendo lindos enfeites. Uma grande pele de tigre estava estendida na frente da lareira, com uma poltrona de cada lado. O majestoso gato branco tinha gostado do carinho que lorde Fauntleroy lhe havia feito e o seguiu para baixo, e, quando ele se atirou sobre o tapete, o bichano se enrodilhou ao seu lado com toda a pompa como se desejasse fazer amizade. Cedric ficou tão contente que apoiou a cabeça junto ao gato e ali ficou deitado, fazendo carinho no animal sem ouvir o que a mãe e o senhor Havisham conversavam.

Aliás, os dois falavam em voz muito baixa. A senhora Errol estava um pouco pálida e agitada.

– Ele não precisa ir esta noite? – disse. – Ficará comigo esta noite?

– Sim – respondeu o senhor Havisham no mesmo tom baixo. – Não há necessidade de que ele vá hoje à noite. Eu irei sozinho ao castelo depois que jantarmos e informarei o conde sobre nossa chegada.

A senhora Errol lançou um olhar para Cedric. Ele estava deitado em uma atitude elegante e displicente sobre a pele negra e amarela do tigre; o fogo brilhava no rostinho bonito e corado, e seus cabelos ondulados se espalhavam sobre o tapete; o gatão ronronava contente e sonolento... Gostava do toque da mãozinha gentil em seu pelo.

A senhora Errol sorriu com ternura.

– Sua Senhoria desconhece tudo o que está tirando de mim – disse com tristeza. Então encarou o advogado. – Pode lhe dizer, por gentileza, que prefiro não receber o dinheiro?

– O dinheiro! – exclamou o senhor Havisham. – Não pode estar se referindo à renda que ele se propôs a lhe dar!

– Sim – ela respondeu com simplicidade. – Prefiro não a receber. Aceito a casa, e agradeço por isso, pois me possibilita ficar perto de minha criança, mas tenho uma pequena renda própria... O suficiente para viver com simplicidade... E prefiro não receber a outra. Já que ele desgosta tanto de mim, eu me sentiria um pouco como se estivesse vendendo Cedric para ele. Estou renunciando a meu filho apenas porque o amo o suficiente para me esquecer de mim mesma pelo bem dele, e porque o pai dele gostaria que fosse assim.

O senhor Havisham coçou o queixo.

– Isso é muito estranho – disse. – Ele vai ficar furioso. Não vai compreender.

– Creio que vai depois de pensar um pouco a respeito – ela retrucou. – Na verdade, não preciso do dinheiro e por que aceitaria luxos de um homem que me odeia tanto a ponto de tirar meu filhinho de mim? O filho do filho dele?

O senhor Havisham pareceu refletir por alguns momentos.

– Darei seu recado – disse por fim.

E então o jantar foi servido, e se sentaram juntos, o grande gato ocupando uma cadeira ao lado de Cedric e ronronado com muita pose durante toda a refeição.

Quando, mais tarde, o senhor Havisham se apresentou no castelo, foi imediatamente levado até o conde. Encontrou-o sentado junto à lareira em uma poltrona luxuosa, o pé gotoso sobre uma banqueta. Ele encarou o advogado com olhar inquisidor por baixo das sobrancelhas desgrenhadas, porém o senhor Havisham percebeu que, apesar da fingida calma, estava nervoso e secretamente animado.

– Muito bem – disse o conde. – Havisham está de volta, hein? Quais as novas?

– Lorde Fauntleroy e a mãe dele já estão em Court Lodge – respondeu o senhor Havisham. – Fizeram uma ótima viagem e estão com excelente saúde.

O conde emitiu um som meio impaciente e movimentou a mão com irritação.

– Folgo em sabê-lo – disse com aspereza. – Até agora tudo bem. Fique à vontade. Tome um copo de vinho e sente-se. O que mais?

– O lorde ficará com a mãe esta noite. Amanhã o trarei para o castelo.

O cotovelo do conde repousava sobre o braço da poltrona, e ele ergueu a mão protegendo os olhos.

– Muito bem – disse –, continue, sabe que lhe pedi para não me escrever sobre o assunto, e nada sei a respeito. Que tipo de menino é ele? Não me importo com a mãe. Quero saber que tipo de menino é ele.

O senhor Havisham tomou um gole de vinho do Porto que havia servido para si mesmo e se sentou com o copo na mão.

– É bem difícil julgar o caráter de uma criança de sete anos – disse com cautela.

Os preconceitos do conde eram muito fortes. Ergueu os olhos depressa e soltou uma blasfêmia.

– É um tolo? – exclamou. – Ou um pirralho desajeitado? O sangue americano dele fala alto, não?

– Não creio que o sangue americano o tenha afetado, meu senhor – replicou o advogado com voz deliberadamente seca. – Não sei muito sobre crianças, mas o julgo um garoto muito bom.

A maneira de falar do advogado era sempre estudada e sem entusiasmo, porém exagerou um pouco dessa vez. Era esperto e refletia que talvez fosse melhor o próprio conde julgar. Seria melhor estar totalmente desprevenido quando tivesse sua primeira conversa com o neto.

– É saudável e fisicamente bem desenvolvido? – perguntou o conde.

– Aparentemente, sim – respondeu o advogado de modo vago.

– Tem as costas retas e a aparência agradável? – quis saber o conde.

Um leve sorriso curvou os lábios do senhor Havisham antes mesmo de lembrar a cena que vira em Court Lodge ao sair... O belo menino deitado sobre a pele de tigre muito à vontade e confortável, os cabelos reluzentes caindo sobre o tapete, o rosto infantil muito corado.

– Na minha opinião, é um menino muito bonito, senhor, em comparação com outros, e, embora eu não seja um grande juiz, creio que irá achá-lo um pouco diferente da maioria das crianças inglesas.

– Não tenho a menor dúvida sobre isso – resmungou o conde, sentindo uma pontada de dor no pé. – As crianças americanas são um bando de pequenos indigentes insolentes. Já ouvi falar muito sobre isso.

– No caso dele, não sei se é insolência – disse o senhor Havisham –, mas não consigo definir a diferença. Ele tem vivido mais na companhia de adultos que de meninos, e a diferença parece ser um misto de maturidade e criancice.

– Insolência americana! – insistiu o conde. – Já ouvi sobre isso. Chamam de "criança precoce" e de "liberdade". Mas na verdade se trata de selvageria, insolência e falta de educação!

O senhor Havisham tomou mais um gole de vinho. Raramente discutia com seu nobre cliente... E nunca quando a nobre perna de seu cliente estava inflamada pela gota. Nessas ocasiões, era melhor deixá-lo sozinho. Então se fez um breve silêncio. Foi o senhor Havisham quem o quebrou.

– Tenho uma mensagem da senhora Errol – anunciou.

– Não quero saber de mensagens dela! – rosnou Sua Senhoria. – Quanto menos ouvir falar dela, melhor.

– Esta é uma mensagem importante – insistiu o advogado. – A senhora Errol prefere não receber a quantia que o senhor ofereceu a ela.

O conde ficou visivelmente surpreso.

– Como disse? – gritou. – Como disse?

O senhor Havisham repetiu as mesmas palavras.

– Ela disse que não é necessário e, como o relacionamento entre vocês não é amigável...

– Não é amigável! – repetiu o conde com raiva. – Diria que não existe relacionamento! Odeio pensar nela! Uma mercenária, americana metida! Não desejo vê-la.

– Milorde – disse o senhor Havisham –, é difícil chamá-la de mercenária. Nada pediu. Não aceita o dinheiro que o senhor lhe ofereceu.

– Tudo encenação! – vociferou o nobre. – Quer me persuadir a vê-la. Pensa que vou admirar a personalidade dela. Não admiro! É apenas o espírito de independência feminina americana! Não vou permitir que viva como uma mendiga dentro dos meus portões. Já que é a mãe do menino, tem uma posição a zelar, e vai zelar. Receberá o dinheiro quer queira, quer não!

– Não irá gastá-lo – garantiu o senhor Havisham.

– Pouco me importo se vai gastar ou não! – bradou o conde. – O dinheiro será enviado para ela. Não poderá dizer aos outros que vive como uma pobretona porque nada fiz por ela! Quer que o menino tenha uma má opinião a meu respeito! Suponho que já tenha envenenado a mente dele contra mim!

– Não – disse o senhor Havisham. – Tenho outra mensagem que vai provar ao senhor que ela não fez isso.

– Não quero ouvir! – rebateu o conde, já sem fôlego por tanta raiva, excitação e dor no pé.

Mas o senhor Havisham foi implacável.

– Ela pede que não deixe lorde Fauntleroy saber que Vossa Senhoria o separou dela devido ao seu preconceito. O filho a ama muito, e a senhora Errol tem certeza de que, se ele soubesse a verdade, isso criaria uma barreira entre vocês dois. Ela diz que o menino não entenderia tal atitude, e talvez passasse a temê-lo ou gostasse menos do senhor. Ela explicou ao filho que ainda é muito criança para entender as razões dessa separação, mas que explicará quando for mais velho. Por fim, a senhora Errol deseja que não haja sombras no seu primeiro encontro.

O conde afundou na poltrona. Seus olhos cansados, mas perspicazes, reluziram sob as grossas sobrancelhas.

– Ora, faça-me o favor! – exclamou ainda sem fôlego. – Faça-me o favor! Não vai querer me dizer que a mãe não contou para ele?!

– Nem uma palavra, milorde – respondeu o advogado com firmeza. – Posso garantir. A criança está preparada para acreditar que é o mais amável e amoroso dos avôs. Nada... Absolutamente nada foi dito a ele que o fizesse ter a menor dúvida sobre sua perfeição. E, como obedeci a todas as suas instruções em todos os detalhes quando estava em Nova York, tenho certeza de que o menino o considera uma maravilha de generosidade.

– Considera, é? – disse o conde.

– Dou-lhe minha palavra de honra – disse o senhor Havisham – de que as impressões de lorde Fauntleroy a seu respeito dependerão inteiramente do senhor a partir de agora. E, se me desculpa a liberdade de sugerir, creio que terá mais sucesso com seu neto se tomar cuidado para não falar com pouco-caso da mãe dele.

– Tolice! – resmungou o conde. – O pirralho só tem sete anos!

– Passou esses sete anos ao lado da mãe – retrucou o senhor Havisham –, e ela é dona de todo o amor dele.

5

Era fim de tarde quando a carruagem levando o pequeno lorde Fauntleroy e o senhor Havisham percorreu a longa avenida que conduzia ao castelo. O conde tinha dado ordens para que o neto chegasse a tempo de jantar com ele, e por algum motivo misterioso também havia exigido que o menino fosse sozinho conhecê-lo. Enquanto a carruagem avançava, lorde Fauntleroy estava sentado confortavelmente recostado nas almofadas luxuosas com uma grande ansiedade de conhecer o avô. Na verdade, ele se mostrava interessado em tudo o que via: a carruagem com seus esplêndidos e grandes cavalos com arreios reluzentes, o cocheiro alto e o lacaio com seus uniformes maravilhosos, e estava especialmente interessado em um diadema que surgia nos painéis do veículo. Perguntou educadamente ao lacaio o que significava aquilo.

Quando a carruagem chegou aos grandes portões do castelo, Cedric olhou pela janela a fim de ter uma boa visão dos enormes leões de pedra que ornamentavam a entrada. Os portões foram abertos por uma mulher rosada com ar maternal que surgiu de um lindo pavilhão cor de marfim.

Duas crianças vieram correndo do interior da casa e ficaram olhando para o menino na carruagem com olhos arregalados, enquanto Cedric também as encarava. A mãe continuou parada fazendo uma reverência, sorrindo, e as crianças, a um sinal dela, também fizeram reverências um pouco desajeitadas.

– Ela me conhece? – perguntou lorde Fauntleroy. – Acho que pensa que me conhece. – E tirou o boné de veludo preto para ela, sorrindo também. – Como vai? – disse com cordialidade. – Boa tarde!

Achou que a mulher ficou contente, pois abriu um amplo sorriso no rosto corado, e um olhar bondoso surgiu em seus olhos azuis.

– Que Deus abençoe Vossa Senhoria! – disse. – Deus abençoe seu lindo rostinho! Boa sorte e felicidade para Vossa Senhoria! Seja bem-vindo!

Lorde Fauntleroy acenou com o boné e fez de novo um gesto de cabeça para ela enquanto a carruagem seguia.

– Simpática aquela mulher – disse. – Parece que gosta de crianças. Seria bom vir até aqui brincar com os filhos dela. Será que tem filhos suficientes para eu fundar meu batalhão?

O senhor Havisham não lhe disse que dificilmente teria permissão para brincar com os filhos do porteiro. Achou que havia tempo de sobra para lhe dar tal informação.

A carruagem continuou seu percurso em meio às grandes árvores bonitas que cresciam de cada lado da avenida com seus ramos grossos que balançavam ao vento formando um arco. Cedric nunca tinha visto aqueles tipos de árvore. Eram grandes e majestosas, e os ramos cresciam muito baixo nos troncos enormes. Ainda não tinha noção de que o Castelo de Dorincourt era um dos mais lindos na Inglaterra. Que seu parque era um dos maiores e mais bem cultivados e que suas árvores e a avenida praticamente não tinham rivais. Mas sabia que tudo ali era lindo. Ele havia gostado das árvores frondosas e cheias de ramos com os últimos raios do sol da tarde lançando seu brilho dourado entre elas. Gostava do silêncio completo que pairava em tudo ali. Sentia um estranho e grande prazer ao vislumbrar todas as belezas embaixo e em meio ao arvoredo... Os amplos e belos espaços no parque, onde outras árvores surgiam solitárias e majestosas ou em grupos além. De vez em quando, passavam por lugares onde samambaias cresciam em profusão, e às vezes o solo ficava azul com os jacintos que dançavam com a brisa suave.

Por várias vezes, Cedric soltou uma risada feliz quando um coelho pulou da vegetação e desapareceu abanando o rabinho branco. Uma vez, um grupo de perdizes surgiu em um súbito remoinho e voou, fazendo com que o menino gritasse e batesse palmas.

– É um lugar bonito, não? – comentou com o senhor Havisham. – Nunca vi outro tão bonito. Mais lindo até que o Central Park.

Estava surpreso com o tempo que estavam levando para chegar.

Por fim perguntou:

– Quanto tempo leva dos portões até a porta da frente?

– De quatro quilômetros e meio a seis quilômetros e meio.

– É um longo caminho para chegar em casa – comentou Sua Senhoria.

A todo minuto deparava com alguma coisa nova que o surpreendia e o deixava admirado. Quando viu os cervos, alguns agachados na grama, outros de pé com suas belas cabeças galhadas que se voltavam, assustadas, para olhar a avenida enquanto as rodas da carruagem os perturbavam, Cedric ficou encantado.

– Passou um circo por aqui? – gritou. – Ou eles moram aqui? A quem pertencem?

– Moram aqui – disse o senhor Havisham – e pertencem ao conde, seu avô.

Logo depois avistaram o castelo. Surgiu diante deles, majestoso, belo e cinzento, os últimos raios do sol lançando luzes cintilantes nas suas várias janelas. Possuía torreões, ameias e torres; seus muros estavam cobertos de hera; toda a área aberta ao seu redor se encontrava repleta de terraços, gramados e canteiros de flores coloridas.

– É o lugar mais lindo que já vi! – exclamou Cedric, com o rosto redondo brilhando de prazer. – Parece o palácio de um rei. Uma vez vi um desenho em um livro de contos de fadas.

Viu a grande porta de entrada que havia sido aberta e muitos criados de pé formando duas filas e olhando para ele. Ficou pensando por que estavam parados ali e admirou muito seus uniformes. Ignorava que estavam ali para prestar homenagens ao garotinho que um dia seria dono de todo aquele esplendor... Dono do lindo castelo parecido com o palácio de um rei, do magnífico parque, das velhas árvores majestosas, do vale coberto de samambaias e jacintos onde as lebres e os coelhos brincavam, dos cervos malhados com grandes olhos, agachados na grama alta. Poucas semanas antes, Cedric estava sentado com o senhor Hobbs entre batatas e pêssegos em lata, as pernas balançando da banqueta alta. Nunca poderia imaginar que em breve estaria ligado a tanto luxo.

À frente da fila de criados surgia uma senhora idosa com um vestido caro, mas simples, de seda preta. Ela tinha cabelos grisalhos e usava uma touca. Quando Cedric entrou no saguão, ela ficou de pé mais perto dele que os outros criados, e o menino sentiu pelo olhar dela que pretendia falar com ele. O senhor Havisham, que tinha entrado segurando a mão de Cedric, parou por um momento.

– Este é lorde Fauntleroy, senhora Mellon – anunciou. – Lorde Fauntleroy, esta é a senhora Mellon, a governanta.

Cedric lhe deu a mão com os olhos brilhantes.

– Foi a senhora que mandou o gato? – perguntou. – Agradeço muito.

O rosto idoso, mas belo da senhora Mellon demonstrou tanta satisfação quanto havia demonstrado o da esposa do porteiro.

– Reconheceria milorde em qualquer lugar – disse para o senhor Havisham. – Tem o rosto e os modos do capitão. Hoje é um grande dia, senhor.

Cedric ficou pensando por que seria um grande dia. Fitou a senhora Mellon com curiosidade. Por um momento, pareceu ver lágrimas nos olhos dela, entretanto estava claro que se sentia feliz. Ela sorriu para ele.

– É uma gata e deixou dois lindos gatinhos aqui – explicou. – Eles serão enviados para os aposentos de Vossa Senhoria.

O senhor Havisham disse algumas palavras para ela em voz baixa.

– Na biblioteca, senhor – respondeu a senhora Mellon. – Sua Senhoria deverá ser levado até lá sozinho.

Minutos depois, o criado muito alto de uniforme, que conduziu Cedric até a biblioteca, abriu a porta e anunciou em tom pomposo:

– Lorde Fauntleroy, meu senhor. – Como um simples lacaio, ele sentia que era uma grande ocasião receber o herdeiro no seu próprio lar, com suas terras e propriedades, para ser conduzido à presença do conde, de quem herdaria o título e os bens.

Cedric cruzou a soleira da porta para a biblioteca. Era um cômodo enorme e luxuoso com mobília maciça entalhada e estantes e mais estantes cheias de livros; os móveis eram tão escuros, as cortinas, tão pesadas, e as vidraças, tão grandes que parecia haver uma enorme distância de um lado a outro; e, já que o sol desaparecera, a sensação era melancólica.

Por um instante, Cedric pensou que não havia ninguém ali, mas logo viu que alguém estava sentado em uma poltrona junto à lareira enorme... Alguém que de início não se virou para olhá-lo.

Mas pelo menos Cedric já havia atraído a atenção de outro ser, pois no chão, junto à poltrona, estava deitado um enorme cão castanho, um mastim com o corpo e as patas tão grandes quanto as de um leão, e essa maravilhosa criatura se levantou devagar com ar solene e marchou com passos pesados até o garotinho.

Então a pessoa na poltrona falou:

– Dougal! Volte aqui, moço.

Mas, do mesmo modo que não havia maldade no coração do pequeno lorde Fauntleroy, também não havia medo. Ele foi corajoso toda a sua vida. Colocou a mão na coleira do cão com a maior naturalidade, e ambos avançaram juntos, Dougal farejando enquanto caminhava.

E então o conde ergueu os olhos. O que Cedric viu foi um velho alto com cabelos brancos desgrenhados, sobrancelhas também brancas, grossas e longas e um nariz parecido com o bico de uma águia entre olhos fundos e perspicazes. O que o conde viu foi uma figura infantil e graciosa com uma roupa de veludo preto e um laço no colarinho; cachos emolduravam o rostinho másculo e belo cujos olhos encontraram os seus com simplicidade.

Se o castelo era como um palácio de contos de fadas, então o pequeno lorde Fauntleroy seria a cópia de um príncipe de contos de fadas, embora não se apercebesse disso; ou talvez fosse a cópia de um jovem e forte ente imaginário.

De qualquer modo, o coração do conde subitamente se encheu de um sentimento de triunfo e exultação ao ver como era forte e bonito seu neto e como o encarava sem hesitação ali parado, com a mão no pescoço de Dougal. O conde gostou de ver que a criança não demonstrava timidez ou medo nem do animal nem do avô.

Cedric o fitou do mesmo modo que havia fitado a mulher nos portões e a governanta, e foi se aproximando mais.

– O senhor é o conde? – perguntou. – Sou seu neto que o senhor Havisham trouxe, mas já sabia, não é? Sou lorde Fauntleroy.

Estendeu a mão porque pensava que seria a coisa educada e certa a fazer mesmo com condes.

– Espero que esteja muito bem de saúde – continuou da maneira mais amigável possível. – Estou muito feliz por conhecê-lo.

O conde apertou sua mão com um olhar curioso. De início ficou tão surpreso que mal soube o que dizer. Fitou a pitoresca aparição diminuta por baixo das sobrancelhas desmazeladas e avaliou tudo da cabeça aos pés.

– Está feliz por me ver? – perguntou.

– Sim – respondeu lorde Fauntleroy. – Muito.

Havia uma poltrona perto dele, e Cedric se sentou ali. Era muito alta e de espaldar também alto, de modo que seus pés não tocavam o chão assim que se ajeitou, porém parecia muito à vontade enquanto olhava seu importante parente com discreta curiosidade.

– Eu ficava me perguntando como o senhor seria – observou. – Costumava deitar no beliche do navio e imaginar se seria parecido com meu pai.

– E sou? – quis saber o conde.

– Eu era muito criança quando ele morreu, e pode ser que não me lembre muito bem dele, mas não acho que o senhor seja parecido.

– Devo imaginar que está desapontado? – sugeriu o avô.

– Oh, não – respondeu Cedric com polidez. – É claro que qualquer um gostaria que todos se parecessem com o próprio pai, porém uma pessoa acaba gostando da aparência de seu avô mesmo que não seja parecido com seu pai. Sabe como todo mundo admira seus parentes.

O conde se recostou no assento e o observou. Não sabia o que era admirar os próprios parentes. Tinha passado grande parte de sua vida brigando com eles, expulsando-os de casa e os chamando de nomes muito feios. E todos o haviam odiado de maneira cordial.

– Qualquer menino ama seu avô – prosseguiu lorde Fauntleroy. – Em especial um avô tão bondoso como o senhor.

Outro estranho olhar cruzou o rosto do conde.

– Oh! – exclamou. – Fui bondoso com você, não fui?

– Sim – respondeu lorde Fauntleroy com animação. – Sou muito agradecido ao senhor por causa de Bridget, da mulher das maçãs e de Dick.

– Bridget! – voltou a exclamar o nobre. – Dick! A mulher das maçãs!

– Sim! – explicou Cedric. – Aqueles que receberam todo o dinheiro que o senhor me deu... O dinheiro que disse ao senhor Havisham para me dar se eu quisesse.

– Ah! – disse o conde – Aquele dinheiro! Que gastaria como quisesse. O que comprou com ele? Gostaria de ouvir.

O conde franziu a testa e as sobrancelhas desgrenhadas, olhando fixamente para a criança. No íntimo, estava curioso para saber como o menino havia se presenteado.

– Oh! – disse lorde Fauntleroy. – Acho que o senhor não sabe sobre Dick, a mulher das maçãs e Bridget. Esqueci que mora muito longe deles. Eram grandes amigos meus. E, o senhor sabe, Michael estava com a febre...

– Quem é Michael? – perguntou o conde.

– O marido de Bridget, e eles estavam com grandes problemas. Quando um homem está doente, não pode trabalhar, e ele tem doze filhos, o senhor sabe como é. E Michael sempre foi uma pessoa séria. E Bridget costumava ir à minha casa e chorar. Na noite em que o senhor Havisham esteve lá, ela estava na cozinha chorando, porque quase não tinham o que comer e não podiam pagar o aluguel. Fui ver Bridget, e o senhor Havisham mandou me chamar e disse que o senhor havia dado a ele algum dinheiro para me entregar. Corri o mais depressa que pude para a cozinha e dei parte dele para Bridget. E isso ajeitou tudo. Bridget mal acreditou. Por isso sou tão agradecido ao senhor.

– Oh! – disse o conde com sua voz profunda. – Esse foi um dos seus desejos pessoais que realizou, não? E o que mais?

Dougal estava sentado junto à grande poltrona; ele tinha ocupado aquele espaço assim que Cedric havia se sentado. Por várias vezes se voltou e olhou para o menino como se estivesse interessado na conversa. Dougal era um cão muito sério que parecia sentir-se grande demais para levar a vida na brincadeira. O velho conde, que o conhecia muito bem, observava-o com secreto interesse. Dougal não era de fazer amizade com facilidade, e o nobre ficou admirado ao ver como o cão enorme ficava quieto sentindo a mão da criança em seu pelo. E foi nesse exato momento que o bicho deu mais uma olhada em lorde Fauntleroy e, muito à vontade, apoiou a cabeça que parecia a de um leão sobre o joelho de Cedric, coberto de veludo preto.

A mãozinha de Cedric continuou acariciando o novo amigo enquanto respondia:

– E temos Dick também. Iria gostar de Dick. Ele é muito "quadrado".

Essa era uma gíria americana que o conde não esperava ouvir.

– O que isso significa? – perguntou.

Lorde Fauntleroy fez uma pausa para refletir. Ele mesmo não tinha muita certeza do significado. Sempre que usava a palavra, jamais havia se preocupado se a estava empregando de modo correto, mesmo porque Dick adorava usá-la.

– Acho que quer dizer que Dick não trapaceia com ninguém – explicou por fim. – Nem bate em um sujeito menor que ele, engraxa muito bem as botas dos outros e as faz brilhar ao máximo. Dick é um engraxate profissional.

– E é um dos seus amigos, não? – quis saber o conde.

– Um velho amigo meu – respondeu o neto. – Não tão velho como o senhor Hobbs, mas bem antigo. Dick me deu um presente pouco antes de o navio zarpar e deixar o porto.

Pôs a mão no bolso e retirou um objeto vermelho muito bem dobrado. Desdobrou com um ar de orgulho cheio de afeto; era o lenço de seda vermelha com as grandes ferraduras púrpura e cabeças de cavalos.

– Dick me deu isto – disse o pequeno lorde. – Sempre guardarei comigo. Posso usar em volta do pescoço ou deixar no bolso. Dick o comprou com o primeiro dinheiro que ganhou depois que comprei para ele a participação de Jake na sociedade e lhe dei as escovas novas. É uma lembrança. E eu inscrevi uma coisa poética no relógio que dei para o senhor Hobbs. Diz assim: "Quando olhar para isto, lembre-se de mim". E sempre que eu olhar para este lenço me lembrarei de Dick.

Era difícil descrever as sensações que nesse momento dominavam o honorável conde de Dorincourt. Não era um velho nobre que ficava perplexo facilmente, porque já havia visto muitas coisas, mas ali estava algo que era tão diferente que quase o fazia perder o fôlego, proporcionando-lhe emoções muito especiais.

O conde jamais havia se importado com crianças. Sempre esteve ocupado com os próprios interesses e nunca teve tempo para os filhos. Eles não haviam despertado nele nenhuma vontade de se aproximar quando ainda eram muito pequenos, embora lembrasse que às vezes havia considerado o pai de Cedric um garotinho bonito e forte. O conde era tão egoísta que havia perdido a oportunidade prazerosa de ver o altruísmo nos outros e não tinha ideia de como uma criancinha de bom coração podia ser doce, fiel e afetuosa, como eram inocentes e espontâneos seus impulsos singelos e generosos.

Para o conde, um menino sempre era um animalzinho desagradável, ganancioso e barulhento quando não se usava rédea curta com ele. Seus filhos mais velhos haviam dado muito trabalho e aborrecimento a seus tutores, apesar de o conde ter ouvido poucas queixas a respeito do caçula, mas, afinal, ele não dava muita importância a ele mesmo.

Nem uma vez lhe ocorrera que deveria gostar do neto. Mandou buscar o pequeno Cedric por orgulho. Já que o menino deveria tomar seu lugar no futuro, não queria que seu nome fosse ridicularizado por um sujeito rude e mal-educado.

Convencera-se de que o menino seria um grosseirão se fosse criado na América. Não tinha afeto nem sentimentos pelo garoto e queria descobrir se Cedric era razoavelmente apresentável e um pouco inteligente. Ele tinha se frustrado com os filhos mais velhos. Enfurecera-se com o casamento americano do capitão Errol e jamais havia passado por sua cabeça que algo aceitável viria daquela união.

Quando o lacaio anunciou lorde Fauntleroy, o nobre quase temeu olhar para o menino, por pensar que ele corresponderia a tudo de ruim que havia imaginado. Foi por isso que havia ordenado que a criança viesse vê-lo a sós. O orgulho do conde não suportaria que outras pessoas vissem seu desapontamento caso o pior acontecesse. Mas seu velho coração altivo e teimoso deu pulos no peito quando o menino se aproximou com seu andar elegante e confiante, a mão sem medo no pescoço do cachorro. Corajoso! Mesmo nos momentos em que suas esperanças tinham sido maiores, o conde nunca poderia ter pensado que o neto seria assim. Parecia bom demais para ser verdade; esse era o menino que tinha tanto receio de conhecer... O filho da mulher que detestava... Esse sujeitinho com tanta beleza e um encanto infantil tão corajoso. A compostura severa do conde foi muito abalada por essa imensa surpresa.

E então haviam começado a conversar, e ele ia ficando cada vez mais curioso e perplexo. Para começar, estava tão acostumado a ver pessoas com medo e constrangidas na sua presença que não esperava outra coisa a não ser que o neto fosse tímido ou desengonçado. Porém Cedric não mostrava temer o conde do mesmo modo como não havia tido medo de Dougal. Não era ousado, apenas inocente e amigável, e não tinha a menor consciência de que existisse algum motivo para se sentir desajeitado ou com medo. O conde não pôde deixar de ver que o garotinho já o considerava seu amigo e o tratava como tal.

Estava claro que nunca havia passado pela cabecinha do garoto ali sentado na poltrona, conversando com seu jeito amigável, que aquele velho alto e amedrontador pudesse ser outra coisa além de bondoso com ele, contente de ter o neto na sua casa. E estava claro também que, do seu jeito infantil, desejava agradar ao avô. Quanto ao conde, por mais mal-humorado, duro e esnobe que fosse, não podia deixar de sentir um prazer novo e secreto pela confiança demonstrada pelo neto. Afinal, não era nada desagradável encontrar alguém que não desconfiava dele ou se encolhia na sua presença, parecendo detectar a parte feia de sua natureza; alguém que o fitava com olhos despidos de desconfiança... Mesmo sendo apenas um menininho usando veludo preto.

Então o senhor idoso se recostou na poltrona e induziu seu jovem companheiro a falar mais sobre si mesmo. E com o velho brilho no olhar observou a criança enquanto ela falava. Lorde Fauntleroy estava ansioso para responder a todas as suas perguntas e tagarelava com seu jeito muito sério, contando tudo sobre Dick e Jake, a mulher das maçãs e o senhor Hobbs. Descreveu o comício republicano em toda a glória de suas faixas e cartazes, tochas e foguetes. Ao longo da conversa, Cedric chegou ao Quatro de Julho e à Revolução, e foi ficando muito entusiasmado quando, de súbito, se lembrou de alguma coisa e parou de modo abrupto.

– O que foi? – perguntou o avô. – Por que parou?

Lorde Fauntleroy se remexeu sem jeito na poltrona. Era evidente para o conde que ele tinha ficado constrangido com algum pensamento que havia lhe ocorrido.

– Estava pensando que talvez não fosse lhe agradar – respondeu. – Talvez alguém ligado ao senhor estivesse lá no comício. Esqueci que o senhor é inglês.

– Pode continuar – disse o conde. – Ninguém ligado a mim estava lá. Esqueceu que você é inglês também?

– Oh! Não – replicou Cedric bem depressa. – Sou americano!

– Você é inglês – contradisse o conde com severidade. – Seu pai era inglês.

Esse diálogo o divertiu um pouco, mas não divertiu Cedric. O menino nunca havia imaginado um impasse desse e enrubesceu até a raiz dos cabelos.

– Nasci na América – protestou. – Tem que ser americano se nasce na América. Desculpe – falou séria e delicadamente – por contrariar o senhor. O senhor Hobbs me disse que, se houver outra guerra, sabe, eu teria que ser... um americano.

O conde quase soltou uma risada sombria, curta e sem alegria, mas uma risada.

– Seria mesmo, não? – disse ele.

Detestava a América e os americanos, mas ele se divertia ao ver quão sério e interessado era aquele pequeno patriota. Refletiu que um americano tão bom seria um bom inglês quando crescesse.

Não tiveram tempo de voltar ao tema da Revolução, e na verdade lorde Fauntleroy sentia certo receio daquele assunto, porque o jantar foi anunciado.

Cedric desceu da poltrona e se aproximou de seu nobre parente. Fitou o pé atacado pela gota.

– Quer que eu o ajude? – disse com educação. – Pode se apoiar em mim. Sabe como é. Certa vez o senhor Hobbs se machucou quando um barril de batatas rolou em cima do pé dele e costumava se apoiar em mim.

O criado grandão que tinha acabado de anunciar o jantar pôs em risco sua reputação e seu emprego quando sorriu. Era um criado da aristocracia que sempre viveu em meio às melhores famílias nobres e nunca havia sorrido antes; na verdade, ele se sentiria maldito e vulgar caso sorrisse e fosse indiscreto em qualquer situação. Mas não teve saída. Só se salvou porque fixou o olhar em um quadro muito feio na parede, acima da cabeça do conde.

Por sua vez, o conde olhou para seu valente e jovem parente da cabeça aos pés.

– Acha que consegue? – perguntou com aspereza.

– ACHO que sim – replicou Cedric. – Sou forte. Já tenho sete anos, o senhor sabe. Pode se apoiar de um lado na bengala e de outro em mim. Dick diz que tenho muitos músculos para um garoto da minha idade.

Então Cedric fechou o punho e levou ao ombro para que o conde visse os músculos que Dick tinha elogiado com gentileza, e seu rosto estava tão sério e severo que o lacaio precisou olhar com toda a determinação para o quadro feio a fim de não rir.

– Muito bem – disse o conde. – Pode tentar.

Cedric lhe entregou a bengala e começou a ajudá-lo a se levantar. Normalmente, era o criado quem fazia isso e era insultado com violência se o conde sentisse mais uma pontada de dor por causa da gota. O velho não era uma pessoa gentil, e por muitas vezes os criados mais fortes tremiam dentro de seus uniformes elegantes.

Mas nessa noite o conde não praguejou, embora seu pé doente provocasse mais de uma ferroada. Escolheu fazer uma tentativa. Levantou-se devagar e pousou a mão no ombro pequeno que lhe era oferecido com tanta bravura. Lorde Fauntleroy deu um passo cauteloso para a frente, olhando para o pé doente do avô.

– Apenas se apoie em mim – disse o menino, animado e encorajador. – Vou caminhar bem devagar.

Se o conde estivesse sendo ajudado pelo criado, teria se apoiado menos na bengala e mais no braço do outro homem. Entretanto, fazia parte do teste evitar que o neto sentisse o peso do seu corpo, que não era nada leve. De fato, era muito peso, e depois de alguns passos o rosto do jovem lorde ficou afogueado, e seu coração batia forte, mas ele se dominou com coragem, lembrando-se de seus músculos e dos elogios de Dick.

– Não tenha medo de se apoiar em mim – disse ofegante. – Estou bem... Se... Se não for um caminho muito longo.

Não estavam muito longe da sala de jantar, porém pareceu um caminho muito comprido para Cedric, até alcançarem a cadeira à cabeceira da mesa. A mão apoiada no seu ombro parecia ficar mais pesada a cada passo. O rosto do menino estava cada vez mais vermelho e afogueado, o fôlego, mais curto, porém em nenhum instante Cedric pensou em desistir: enrijeceu seus músculos infantis, manteve a cabeça ereta e encorajou o conde, que seguia mancando.

– Dói muito quando se apoia nesse pé? – perguntou. – Já tentou colocar dentro de uma bacia com água quente e mostarda? O senhor Hobbs costumava fazer isso. Ouvi dizer que arnica é muito bom também.

O grande cachorro os acompanhava devagar, seguido pelo criado, que por várias vezes tinha vontade de rir enquanto fitava a figurinha se esforçando ao máximo e carregando seu fardo com tanta boa vontade. O conde também parecia bastante estranho enquanto lançava olhares furtivos para o rostinho vermelho do neto. Entraram na sala onde iriam jantar, e Cedric notou que era muito grande e suntuosa e que o criado de pé atrás da cadeira na cabeceira da mesa mantinha o olhar fixo à frente sem piscar.

Por fim, alcançaram a cadeira. A mão foi retirada do ombro de Cedric, e o conde se sentou sem maiores problemas.

Cedric pegou o lenço de Dick e enxugou a testa.

– Faz calor nesta noite, não? – disse. – Talvez o senhor precise da lareira acesa por causa... do seu pé, mas para mim está um pouco quente demais.

Sua amável preocupação com os sentimentos do conde era grande; não queria dar a impressão de que estava se queixando da lareira acesa.

– É que você fez um trabalho muito pesado – explicou o conde.

– Oh, não! – disse lorde Fauntleroy. – Não foi muito pesado, mas fiquei com calor. As pessoas ficam com calor no verão.

E coçou os cabelos úmidos com força com seu espalhafatoso lenço. Sua cadeira ficava na outra ponta da mesa, oposta à do avô. Tinha braços e havia sido feita para alguém muito maior que ele; aliás, tudo que tinha visto até o momento era enorme... Os grandes cômodos com seu teto alto, a mobília pesada, o criado grandão, o enorme cão, o próprio conde... Tudo e todos eram em proporções calculadas para fazê-lo perceber que de fato era muito pequeno. Mas isso não o incomodava; nunca se julgou muito grande ou importante e estava pronto a se acostumar com as novas circunstâncias.

Talvez nunca tenha parecido tão pequeno como nesse momento, sentado na sua cadeira enorme, à cabeceira da mesa. Apesar de sua existência solitária, o conde escolheu viver com opulência. Apreciava a refeição da noite, e o jantar era formal. Cedric o observou em meio ao brilho dos copos e pratos, que aos seus olhos desacostumados pareciam deslumbrantes. Um estranho que estivesse observando aquela cena sorriria. A enorme sala imponente, os criados com seus uniformes, as luzes brilhantes, a prataria e os cristais cintilantes, o velho nobre de olhar feroz à cabeceira da mesa, e o garotinho tão pequeno do outro lado.

O jantar era sempre uma ocasião solene para o conde e muito séria também para o cozinheiro, caso o amo não ficasse satisfeito ou não demonstrasse apetite. Entretanto, nessa noite o apetite do conde parecia melhor do que o habitual, talvez porque tivesse algo para ocupar sua mente além do aroma das entradas e da distribuição dos molhos. Seu neto dominava seus pensamentos. Continuava a fitá-lo do outro lado da mesa. O velho senhor não falava muito, mas deu um jeito para fazer Cedric falar. Nunca pensou que iria se divertir ouvindo uma criança, porém lorde Fauntleroy ao mesmo tempo o desconcertava e divertia.

E o avô não parava de lembrar como havia deixado o ombro infantil sentir seu peso para testar até onde iria a coragem e a resistência do neto. Aprovou o fato de Cedric não se acovardar nem pensar um só momento em desistir do seu propósito.

– Não usa seu diadema sempre? – perguntou lorde Fauntleroy respeitosamente.

– Não – respondeu o conde com um sorriso sombrio. – Não me fica bem.

– O senhor Hobbs pensava que sempre usaria – disse o menino –, mas, depois de refletir melhor, disse que o senhor devia tirá-lo de vez em quando e usar um chapéu.

– Sim – disse o conde –, de vez em quando eu o tiro.

E um dos criados de repente virou-se de lado e tossiu de modo estranho, cobrindo a boca com a mão.

Cedric foi o primeiro a acabar de jantar e então se recostou na cadeira e examinou a sala.

– Deve ter muito orgulho de sua casa – comentou. – É tão linda. Nunca vi nada tão bonito, mas, é claro, como só tenho sete anos, não vi muita coisa.

– E acha que devo me orgulhar dela? – perguntou o conde.

– Acho que qualquer um sentiria orgulho – replicou lorde Fauntleroy. – Eu me orgulharia se fosse minha casa. Tudo aqui é lindo. O parque, aquelas árvores... Como são maravilhosas, e as folhas fazem barulho!

Então fez uma pausa e olhou para o lado da mesa com certa melancolia.

– É uma casa grande demais só para duas pessoas, não é? – completou.
– O suficiente para dois – respondeu o conde. – Acha grande demais?

O pequeno lorde hesitou um momento.

– Estava só pensando que, se duas pessoas que morassem aqui não se dessem muito bem, talvez às vezes se sentissem sozinhas.
– Pensa que serei uma boa companhia? – quis saber o conde.
– Sim – retrucou Cedric. – Penso que será. O senhor Hobbs e eu éramos grandes amigos. Meu melhor amigo depois de Querida.

O conde mexeu as sobrancelhas grossas.

– Quem é Querida?
– Minha mãe – respondeu lorde Fauntleroy quase murmurando.

Talvez estivesse um pouco cansado, já que se aproximava da hora de dormir, e talvez isso fosse normal depois da excitação dos últimos dias. Quem sabe também a sensação de fadiga lhe trouxesse um vago sentimento de solidão ao lembrar que nessa noite não dormiria na sua casa, velado pelos olhos amorosos da sua "melhor amiga". Haviam sido sempre "melhores amigos", o menino e sua jovem mamãe. Não conseguia parar de pensar nela e, quanto mais pensava, menos vontade sentia de conversar. Quando o jantar terminou, o conde viu uma leve sombra no rostinho do menino.

Mas Cedric usou de sua coragem e se controlou e, quando retornaram à biblioteca, apesar de o criado alto andar ao lado do conde, a mão do nobre repousava no ombro do neto, embora não com tanta força como antes.

Quando o empregado os deixou a sós, Cedric se sentou sobre o tapete junto à lareira com Dougal. Por alguns minutos, acariciou a orelha do cão em silêncio, olhando para o fogo.

O conde o observava. Os olhos do menino estavam melancólicos e pensativos, e por duas vezes deixou escapar um suspiro. O conde ficou sentado em silêncio, fitando o neto.

– Fauntleroy – disse por fim –, no que está pensando?

O menino ergueu a cabeça fazendo um esforço viril para sorrir.

– Em Querida – respondeu. – E... e acho melhor me levantar e andar de um lado para o outro da sala.

Levantou-se com as mãos nos bolsos pequenos e começou a percorrer a biblioteca de um lado para o outro. Seus olhos brilhavam muito, comprimia os lábios, porém mantinha a cabeça erguida e andava com firmeza. Dougal se mexeu com preguiça e o fitou, levantando-se também. Passou a seguir Cedric, inquieto. Lorde Fauntleroy tirou uma das mãos do bolso e a pousou sobre a cabeça do cão.

– É um bom cachorro – disse. – Meu amigo. Sabe como me sinto.

– E como é que se sente? – perguntou o conde.

Estava aborrecido por ver que o menino sentia as primeiras pontadas de saudade da mãe, mas gostou porque se comportava com bravura. Apreciava a coragem da criança.

– Venha cá – disse.

Fauntleroy obedeceu.

– Nunca fiquei longe de minha casa – disse Cedric com um olhar muito triste. – É estranho ter que passar uma noite inteira no castelo de outra pessoa em vez de dormir na minha casa. Mas Querida não está muito longe de mim. Ela me disse para me lembrar disso. Eu tenho sete anos... e posso olhar para a fotografia que ela me deu.

Voltou a enfiar a mão no bolso e retirou uma caixinha forrada de veludo cor de violeta.

– Está aqui – anunciou. – Olhe, é só apertar esta mola, e a caixa se abre, e aí está ela!

Cedric tinha se aproximado bastante da poltrona do conde e colocou a caixinha no braço do móvel, encostada ao braço do próprio conde. Estava tão à vontade como se sempre tivesse se apoiado ali.

– Aí está ela – disse ao abrir a caixa, e ergueu os olhos sorrindo.

O conde franziu as sobrancelhas. Não queria olhar para a fotografia, porém olhou de qualquer modo, e da fotografia um rosto muito jovem e bonito o fitou de volta... Um rosto muito parecido com o do neto ao seu lado. Ele quase levou um susto.

– Acho que você gosta muito dela – disse.

– Sim – respondeu lorde Fauntleroy com delicadeza, mas de modo muito firme. – Acho mesmo, e é verdade. Sabe, o senhor Hobbs era meu amigo, e Dick, e Bridget, e Mary e Michael, eram todos meus amigos também. Mas Querida... Bem, é minha amiga MAIS PRÓXIMA, e sempre contamos tudo um para o outro. Meu pai a deixou para eu tomar conta dela, e, quando eu for um homem, vou trabalhar e ganhar dinheiro para cuidar dela.

– O que pretende fazer? – perguntou o avô.

O pequeno lorde voltou a se sentar no tapete com a fotografia ainda nas mãos e parecia refletir seriamente antes de responder.

– Cheguei a pensar em entrar no negócio do senhor Hobbs, mas GOSTARIA de ser presidente.

– Em vez disso, o enviaremos para a Câmara dos Lordes – disse o avô.

– Ora, se eu NÃO puder ser presidente e se a Câmara dos Lordes for um bom trabalho, não me oponho. Cuidar da mercearia às vezes é monótono.

Talvez estivesse ponderando sobre os prós e os contras, pois ficou sentado muito quieto depois desse diálogo e ficou olhando para o fogo na lareira por algum tempo.

O conde não disse mais nada. Recostou-se na poltrona, olhando para o neto. Muitos pensamentos novos e estranhos passavam pela cabeça do velho nobre. Dougal se espreguiçava e acabou adormecendo com a cabeça sobre as patas enormes. Fez-se um silêncio muito longo.

    Meia hora mais tarde, o senhor Havisham foi chamado. O grande cômodo estava silencioso quando entrou. O conde continuava recostado na poltrona. Moveu-se quando o advogado chegou e estendeu a mão em um gesto de aviso. Parecia ter sido um gesto não intencional, quase involuntário. Dougal continuava dormindo e, bem perto dele, também dormindo, com a cabeça cheia de cachos sobre o braço, estava o pequeno lorde Fauntleroy.

6

Quando lorde Fauntleroy acordou pela manhã – não tinha despertado ao ser levado para a cama na noite anterior –, os primeiros sons que percebeu foram o estalar das toras de madeira na lareira e o murmúrio de vozes.

– Tome cuidado, Dawson, para não dizer nada a respeito – ouviu alguém falar. – Não sabe por que ela não está aqui com ele, e o motivo deve ser mantido em segredo.

– Quando Sua Senhoria dá uma ordem – disse outra pessoa –, deve ser mantida. Mas, se me perdoem a liberdade, já que estamos conversando entre nós, criadas ou não, tudo o que tenho a dizer é que se trata de uma crueldade… Separar aquela pobre criaturinha linda de alguém que é sua carne e sangue, e ele sendo um pequeno nobre. James, Thomas, na noite passada, na ala dos criados, disseram que nunca tinham visto nada igual na vida. Nenhum cavalheiro com as maneiras daquele garotinho, tão inocente, gentil e interessado, como se estivesse ali sentado jantando com seu melhor amigo, e com o temperamento de um anjo, não com o mau-caráter (desculpem, rapazes) de vocês sabem quem é que faz o sangue ferver de raiva nas nossas veias às vezes. E, quanto à aparência do menino, quando fomos chamados, James e eu, para ir à biblioteca levá-lo para cima, e James o ergueu nos braços com o rostinho rosado e a cabecinha no seu ombro, os cabelos caindo de lado, cacheados e brilhantes, nunca se viu cena mais bonita. E, na minha opinião, o conde também percebeu isso, porque olhou para o neto e disse para James: "Trate de não o acordar!".

Cedric se moveu sobre o travesseiro, virou na cama e abriu os olhos.

Havia duas mulheres no quarto. Tudo ali era claro e alegre, com estofados de algodão florido. A lareira estava acesa, e o sol entrava pelas janelas emolduradas de hera. As duas mulheres se aproximaram dele, e Cedric viu que uma era a senhora Mellon, a governanta, e a outra, uma senhora simpática de meia-idade com o rosto mais bondoso e bem-humorado que ele já vira.

– Bom dia, milorde – saudou a senhora Mellon. – Dormiu bem?

O pequeno lorde esfregou os olhos e sorriu.

– Bom dia – respondeu. – Não sabia que estava aqui.

– Foi carregado para cima quando estava dormindo – explicou a governanta. – Este é seu quarto, e esta é Dawson. É ela quem vai tomar conta de milorde.

Fauntleroy se sentou na cama e estendeu a mão para Dawson do mesmo modo como tinha feito com o conde.

– Muito prazer, senhora – disse. – Fico muito agradecido por tomar conta de mim.

– Pode chamá-la de Dawson, milorde – disse a governanta sorrindo. – Todos a chamam assim.

– SENHORITA Dawson ou SENHORA Dawson? – quis saber o pequeno lorde.

– Apenas Dawson, milorde – disse a própria, toda sorridente. – Nem senhorita nem senhora, obrigada por perguntar! Vai se levantar agora e deixar Dawson vesti-lo para tomar o café da manhã nos seus aposentos?

– Aprendi a me vestir sozinho há muitos anos, obrigado – respondeu Fauntleroy. – Querida me ensinou. Querida é minha mãe, tínhamos só a Mary para fazer todo o trabalho, lavar e tudo o mais. Então é claro que não era justo lhe dar mais trabalho. Também posso tomar banho sozinho e muito bem se tiver a gentileza de examinar atrás das minhas orelhas depois que eu terminar.

Dawson e a governanta trocaram olhares.

– Dawson fará tudo que lhe pedir – explicou a senhora Mellon.

– Farei mesmo, Deus o abençoe – concordou Dawson com sua voz relaxante e bem-humorada. – Milorde pode se vestir sozinho se quiser, e ficarei preparada para ajudá-lo se precisar.

– Obrigado – agradeceu lorde Fauntleroy. – Às vezes tenho dificuldade com os botões, sabe como é, e preciso pedir ajuda a alguém.

Achou a mulher muito bondosa e, antes mesmo de tomar banho e se vestir, os dois já eram excelentes amigos, e Cedric descobriu muita coisa sobre Dawson. O marido dela havia sido um soldado e morreu em uma batalha. O filho era marinheiro e estava longe em uma longa viagem, e ele viu piratas e canibais, chineses e turcos e trouxe para casa conchas exóticas e pedaços de coral que Dawson gostaria de mostrar ao lorde a qualquer momento, sendo que algumas dessas preciosidades estavam no seu baú. Tudo isso era muito interessante. Cedric também descobriu que ela tinha tomado conta de criancinhas por toda a sua vida e que havia acabado de chegar de uma grande casa em outra parte da Inglaterra onde cuidara de uma linda menininha chamada *lady* Gwyneth Vaughn.

– E ela é parente de Sua Senhoria, o conde – disse Dawson. – Talvez milorde venha a conhecê-la.

– Acha mesmo? – perguntou Fauntleroy. – Gostaria muito. Nunca conheci uma menininha, mas gosto de olhar para elas.

O garoto, então, dirigiu-se ao cômodo ao lado para tomar seu café da manhã e viu como era grande. Havia mais um cômodo ao lado daquele que também lhe pertencia, explicou Dawson. Então a sensação de que era muito pequeno o invadiu de novo com tanta força que confidenciou isso a Dawson enquanto se sentava à mesa posta com um lindo jogo de café.

– Sou um menino muito pequeno – disse com certa tristeza – para morar em um castelo tão grande com tantos quartos grandes. Não acha?

– Oh! Deixe disso! – respondeu Dawson. – Vai se sentir um pouco estranho no início, só isso. Mas logo vai superar essa sensação e então irá gostar daqui. É um lugar muito lindo, sabia?

– Sim, é claro, um lugar muito lindo – concordou Fauntleroy com um leve suspiro. – Porém gostaria mais daqui se não sentisse tanta saudade de Querida. Sempre tomei café da manhã com ela e colocava açúcar e creme no chá dela, e passava a torrada para ela. Era muito aconchegante, você entende.

– Oh, tudo bem! – confortou Dawson. – Sabe que pode vê-la todos os dias, e quanta coisa terá para lhe contar. Que milorde seja abençoado! Espere até ter caminhado um pouco por aí e visto tantas coisas... Os cães e os estábulos com todos os cavalos. Existe um em particular que sei que milorde vai gostar de ver...

– É mesmo? – exclamou Fauntleroy. – Gosto muito de cavalos. Gostava muito de Jim. Era o cavalo da carroça de mercadorias do senhor Hobbs. Era muito bonito quando não empacava.

– Muito bem – disse Dawson –, então espere até ver o que há no estábulo. E, meu Deus! Ainda nem olhou para o quarto aí ao lado!

– O que há ali? – quis saber Fauntleroy.

– Espere até ter tomado seu café e então verá – disse Dawson.

Cedric começou a ficar curioso e tratou de tomar seu café da manhã direitinho. Parecia que havia alguma coisa muito importante para ver no quarto ao lado. Dawson estava muito misteriosa.

– Muito bem – disse ele, deslizando da cadeira minutos depois. – Comi bastante. Posso ir ver?

Dawson aquiesceu com um gesto de cabeça e foi andando na frente, parecendo mais misteriosa e imponente que nunca. Cedric começou a ficar muito interessado.

Quando ela abriu a porta do quarto, ele ficou parado na soleira olhando em volta com assombro. Não conseguiu falar; apenas colocou as mãos nos bolsos e ficou vermelho até a raiz dos cabelos e olhando para dentro.

Ficou vermelho porque estava muito surpreso e animado. Ver um lugar assim deixaria qualquer menino normal estupefato.

Esse quarto também era grande como todos ali pareciam ser, porém mais bonito aos olhos de Cedric de uma maneira diferente. A mobília não era tão pesada e antiga como as outras que já vira no andar térreo; as cortinas, tapetes e paredes eram em tons mais claros; havia prateleiras cheias de livros e muitos brinquedos sobre as mesas... Brinquedos inteligentes e bonitos do tipo que ele olhava com admiração e prazer nas vitrines em Nova York.

– Parece o quarto de brinquedos de um menino – disse por fim, tentando recuperar o fôlego. – A quem pertence?

– Vá olhar os brinquedos – disse Dawson. – Pertencem a milorde!

– A mim! – ele exclamou. – A mim? Por quê? Quem me deu de presente? – E correu para dentro com um grito de satisfação. Parecia bom demais para ser verdade. – Foi o vovô! – gritou com os olhos reluzindo. – Sei que foi o vovô!

– Sim, foi Sua Senhoria – disse Dawson. – E, se for um bom pequeno cavalheiro e não ficar se preocupando à toa, tratar de se divertir e mostrar alegria o dia todo, seu avô lhe dará tudo o que quiser.

Foi uma manhã muito animada. Havia tantas coisas para examinar, tantas experiências a realizar; cada novidade era tão interessante que Cedric tinha dificuldades de abandonar um brinquedo para se dirigir a outro. E tão orgulhoso de saber que tudo isso fora preparado para ele, e só para ele; que, antes mesmo de ele deixar Nova York, pessoas vieram de Londres para arrumar e decorar os aposentos que seriam dele e providenciar os livros e brinquedos que mais poderiam interessar-lhe.

– Já conheceu alguém – perguntou para Dawson – que tivesse um avô mais bondoso?

Por um instante, a expressão de Dawson foi de incerteza. Não tinha uma opinião muito boa a respeito de Sua Senhoria, o conde. Não fazia muitos dias que estava no castelo, mas foi tempo suficiente para ouvir a respeito das idiossincrasias do nobre discutidas abertamente na ala dos criados.

"E, dentre todos os patrões mais cruéis, violentos e mal-humorados para quem já trabalhei", dissera o lacaio mais alto, "ele é sem dúvida o mais violento e cruel de todos".

E esse lacaio em particular, chamado Thomas, tinha repetido para seus colegas no andar de baixo alguns dos comentários que o conde havia feito para o senhor Havisham quando conversaram sobre esses mesmos preparativos para a chegada de Cedric:

"Deixem que faça o que quiser, e encham seus quartos com brinquedos. Deem o que o diverte, e ele esquecerá a mãe bem depressa. Tratem de diverti-lo e encher sua mente com outros interesses, e não teremos problemas, porque essa é a natureza dos meninos."

O conde tinha dito isso. Então, talvez, quando viu pela primeira vez em carne osso essa criança tão gentil, não lhe agradara muito descobrir que suas teorias sobre a natureza dos meninos não se encaixavam nesse menino em particular. O conde passou uma péssima noite e ficou no seu quarto durante toda a manhã. Mas ao meio-dia, depois de almoçar, mandou chamar o neto.

Fauntleroy obedeceu imediatamente. Desceu a larga escadaria aos pulos. O conde o ouviu correr pelo vestíbulo, e então a porta se abriu, e ele entrou com as faces rosadas e os olhos brilhantes.

– Queria que o senhor me mandasse chamar – foi logo dizendo. – Já estava pronto fazia muito tempo. Estou TÃO agradecido por todas aquelas coisas! TÃO agradecido ao senhor! Estive brincando a manhã toda.

– Oh! – disse o conde. – Então gostou?

– Gostei tanto... Nem sei dizer quanto! – disse Fauntleroy com o rosto brilhando de satisfação. – Há um jogo parecido com beisebol, só que se joga em um tabuleiro com peças pretas e brancas, e se marca a pontuação com fichas. Tentei ensinar Dawson, mas ela não entendeu logo... Sabe como é, nunca jogou beisebol porque é uma dama, e acho que não consegui explicar muito bem. Mas o senhor sabe tudo sobre beisebol, não sabe?

– Acho que não – retrucou o conde. – É um jogo americano, não? Parecido com críquete?

– Nunca vi jogar críquete – disse Fauntleroy –, mas o senhor Hobbs me levou várias vezes para assistir ao beisebol. É um jogo maravilhoso. A gente se empolga! Gostaria que fosse buscar meu jogo e mostrasse para o senhor? Talvez o divirta e o faça esquecer a dor no pé. Seu pé está doendo muito hoje?

– Mais do que gostaria – foi a resposta seca.

– Então talvez não se esqueça da dor – disse Cedric com ansiedade – e se aborreça se eu ficar explicando o jogo. Acha que iria divertir o senhor ou aborrecê-lo?

– Vá buscar – disse o conde.

Sem dúvida essa era uma nova diversão: fazer companhia a um menino que se oferecia para lhe ensinar jogos. Porém essa novidade divertia o conde. Um sorriso dançava nos lábios do velho nobre quando Cedric voltou trazendo nos braços a caixa com o jogo, uma expressão de grande interesse no rosto.

– Posso puxar aquela mesinha para perto de sua poltrona? – perguntou.

– Chame Thomas – disse o conde. – Ele arrumará para você.

– Oh, posso fazer isso sozinho – respondeu Fauntleroy. – Não é muito pesada.

– Está bem – concordou o avô. O sorriso meio escondido se acentuou no rosto do velho enquanto observava as preparações do garotinho, que parecia muito absorvido na sua tarefa. A mesinha foi empurrada para a frente e colocada junto à poltrona do conde, e o jogo foi retirado da caixa e arrumado.

– É bem interessante depois que se começa a jogar – disse Fauntleroy. – Veja, as peças pretas podem ficar do seu lado, e as brancas, do meu. As peças são os homens, o senhor sabe, e temos a volta do campo. Isso se chama *home run* e conta um ponto... e esses são os *outs*... e aqui está a primeira base, e aquela é a segunda, aquela é a terceira e, por fim, a quarta base.

Cedric entrou nos detalhes das explicações com a maior animação. Mostrou as atitudes do arremessador, do receptor e do rebatedor no jogo de verdade e fez uma descrição dramática sobre uma maravilhosa jogada de bola que tinha presenciado na gloriosa ocasião em que comparecera a um jogo com o senhor Hobbs. Era um prazer observar seu corpo pequeno, mas forte, seus gestos animados, sua cândida alegria com tudo aquilo.

Quando, por fim, explicações e ilustrações ao vivo terminaram e o jogo começou para valer, o conde continuava interessado. Seu pequeno companheiro estava totalmente absorvido; jogava com todo o seu entusiasmo infantil; ria alegremente quando fazia uma boa jogada, ficava entusiasmado com um *home run* e feliz tanto com a própria boa sorte quanto com a sorte do oponente; isso dava sabor a qualquer jogo.

Se uma semana antes alguém tivesse dito ao conde de Dorincourt que naquela manhã específica teria esquecido a gota e sua impaciência por causa de um jogo infantil, sem dúvida teria dado uma resposta bastante desagradável. Entretanto, estava completamente envolvido com as peças de madeira pretas e brancas sobre um tabuleiro de cores alegres, e com um garotinho de cabelos cacheados como oponente, quando a porta se abriu e Thomas anunciou um visitante.

A pessoa em questão, um senhor idoso vestido de preto, era, ninguém mais, ninguém menos, que o pastor da paróquia, e ele ficou tão espantado com a cena que tinha diante dos olhos que se desequilibrou dando um passo atrás e quase colidiu com Thomas.

Na verdade, não havia nada que desagradasse mais ao reverendo senhor Mordaunt do que a obrigação de visitar seu nobre paroquiano no castelo. Sem dúvida, o conde tornava essas visitas muito desagradáveis porque tinha poder para isso.

Ele abominava igrejas e obras de caridade e tinha rompantes violentos de raiva quando algum de seus locatários ousava ser pobre, doente e necessitado de assistência. Quando tinha crises de gota, não hesitava em deixar claro que não queria ser aborrecido e ficar irritado com histórias de miseráveis desditas. Quando a gota não o incomodava muito e estava com um humor um pouco melhor, talvez fizesse uma doação para o pároco, mas só depois de provocá-lo da maneira mais ofensiva possível, repreendendo todos os paroquianos por sua indolência e estupidez.

Mas, fosse lá qual fosse seu humor, jamais havia deixado de fazer o maior número possível de discursos sarcásticos e humilhantes, obrigando o reverendo senhor Mordaunt a desejar que não fosse pecado atirar um objeto pesado na cabeça do velho. Durante todos os anos em que o senhor Mordaunt esteve responsável pela paróquia de Dorincourt, ele não se lembrava de ter visto o conde fazer uma bondade por vontade própria ou demonstrar de alguma maneira que se importava com mais alguém além de si mesmo.

Nesse dia, o senhor Mordaunt tinha vindo por causa de um assunto especialmente urgente e, enquanto caminhava pela avenida até o castelo, temia o encontro mais do que nunca por dois motivos. Em primeiro lugar, sabia que Sua Senhoria estava havia vários dias com uma crise de gota e andava com um humor tão virulento que a notícia tinha chegado até o vilarejo levada por uma das jovens criadas para sua irmã, que era dona de uma lojinha de varejo onde se compravam agulhas de costura, algodão, balas de menta e mexericos para que a proprietária sobrevivesse com uma vida honesta. O que a senhora Dibble não sabia a respeito do castelo e seus moradores, das fazendas e seus moradores, e do vilarejo e seus habitantes não valia a pena saber. E é claro que sabia tudo sobre o castelo, porque sua irmã, Jane Shorts, era uma das criadas de nível mais elevado e amiga particular de Thomas.

– E como o conde continua mau! – disse a senhora Dibble debruçada no balcão. – E a linguagem que gosta de usar! O senhor Thomas disse para Jane que nenhum parente suportaria isso, só mesmo a criadagem, porque chegou a atirar um prato no senhor Thomas há dois dias, e, se não fosse por algumas compensações que ele tem no castelo e as pessoas que estavam no andar de baixo todas gentis, ele teria pedido demissão na mesma hora!

E o pároco ouviu tudo isso porque o conde era a ovelha negra favorita nos chalés e nas fazendas, e seu mau comportamento dava assunto para muitas boas senhoras fofocarem a seu respeito com as amigas na hora do chá.

E o segundo motivo para detestar fazer essa visita era ainda pior, pois era um motivo novo e andava sendo comentado com maior interesse e animação.

Quem é que não sabia sobre a fúria do velho nobre quando seu belo filho, o capitão, se casou com uma moça americana? Quem ignorava como ele tinha tratado com crueldade o capitão e como o forte e bem-humorado jovem, único membro de quem todos gostavam daquela importante família, havia morrido em uma terra estrangeira, pobre e sem o perdão do pai? Quem é que não sabia como o conde odiava com fervor a pobre jovem esposa de seu filho e como o velho odiava saber sobre a criança sem nunca desejar conhecer o menino... Até que seus dois filhos mais velhos morreram e o deixaram sem herdeiro? E, por fim, quem ignorava que ele aguardava a vinda do neto sem o menor sinal de afeição ou prazer? E que já havia colocado na cabeça que se tratava de um menino americano vulgar, desajeitado e petulante, que provavelmente iria desgraçar seu nobre nome e não o honrar?

O velho orgulhoso e irritável pensava que mantinha seus pensamentos em segredo. Não imaginava que pudessem perceber, muito menos comentar, sobre seus sentimentos e temores. Entretanto, seus criados o observavam e sabiam interpretar suas expressões fisionômicas, seus acessos de mau-humor e crises de tristeza, e tudo isso era discutido na ala da criadagem. E, enquanto o conde se sentia seguro em relação à classe mais baixa, Thomas contava para Jane e para cozinheira, para o mordomo, as arrumadeiras e os outros lacaios que em sua opinião "o velho andava pior que o normal pensando no filho do capitão e antecipando como seria ruim para a família. Mas era bem feito", acrescentara Thomas. "A culpa é só dele. O que poderia esperar de uma criança pobre criada na América?"

Enquanto o reverendo senhor Mordaunt caminhava à sombra das árvores frondosas, lembrou que aquele garotinho havia chegado ao castelo na noite anterior e que as chances eram de nove para uma de que os piores medos do conde tivessem se realizado e de vinte e duas para uma de que, no caso de o pobre menino já o ter desapontado, o conde estar nessa manhã com um humor terrível, pronto a despejar todo o seu rancor na primeira pessoa que fosse ao castelo... O que era provável que fosse ele mesmo, o pároco.

Então imaginem sua surpresa quando Thomas abriu a porta da biblioteca e ele foi recebido por uma cascata de risadas infantis.

– Dois fora! – berrava uma vozinha animada e clara. – Viu? Dois fora!

E lá estava a poltrona do conde, o banquinho com seu pé apoiado, e perto dele uma mesinha com um tabuleiro de jogo; e muito perto também, na verdade debruçado sobre o braço do nobre e de seu joelho saudável, encontrava-se um garotinho com o rosto reluzindo e olhos que dançavam de animação.

– Dois fora! – gritava o pequeno estranho. – Não teve sorte dessa vez, teve?...

E de súbito os dois perceberam que alguém havia entrado ali.

O conde olhou em volta franzindo as sobrancelhas desgrenhadas como costumava fazer e, quando viu de quem se tratava, deixou o senhor Mordaunt ainda mais surpreso porque parecia mais agradável do que o habitual. Aliás, parecia ter quase se esquecido, no momento, do quanto era desagradável e como podia ser antipático quando queria.

– Ah! – exclamou com sua voz áspera, mas estendendo a mão com elegância. – Bom dia, Mordaunt. Encontrei uma nova atividade, como pode ver.

Colocou a outra mão sobre o ombro de Cedric... Talvez no fundo de seu coração houvesse uma ponta de orgulho satisfeito por poder apresentar tal herdeiro; havia um brilho de prazer nos olhos do conde enquanto fazia o menino dar uns passos para a frente.

– Este é o novo lorde Fauntleroy – apresentou. – Fauntleroy, este é o senhor Mordaunt, pastor da paróquia.

Fauntleroy ergueu os olhos para o cavalheiro com roupas de clérigo e estendeu a mão.

– Fico feliz em conhecê-lo – disse, lembrando as palavras que tinha ouvido o senhor Hobbs usar em uma ou duas ocasiões quando havia cumprimentado um novo freguês com cerimônia.

Cedric sabia que deveria ser muito polido com um ministro da Igreja.

O senhor Mordaunt reteve a mãozinha na sua por um momento enquanto baixava os olhos para o rosto da criança e sorriu sem querer. Gostou do garotinho naquele mesmo instante... Aliás, como acontecia com todo mundo. E não eram a beleza e os modos da criança que mais o atraíam, mas, sim, sua amabilidade natural e espontânea que surgia em cada palavra que dizia. Por mais pitorescas e inesperadas que fossem essas palavras, sempre soavam agradáveis e sinceras.

Enquanto fitava Cedric, o pároco se esqueceu completamente do conde. Nada no mundo é mais poderoso que um coração bondoso, e parecia que esse coraçãozinho em particular, apesar de pertencer a uma criança, conseguia clarear a atmosfera no enorme e sombrio cômodo e deixá-lo mais alegre.

– É um prazer conhecê-lo, lorde Fauntleroy – disse o pároco. – Fez uma longa viagem para chegar aqui. Muita gente ficará feliz por saber que chegou são e salvo.

— FOI uma longa viagem – respondeu Cedric –, mas Querida, minha mãe, estava comigo, e não me senti sozinho. É claro que nunca se está sozinho com nossa mãe. E o navio era bonito.

— Sente-se, Mordaunt – disse o conde.

O senhor Mordaunt se sentou. Ora fitava Fauntleroy, ora o conde.

— Vossa Senhoria merece ser muito felicitado – disse, radiante.

Mas era evidente que o conde não desejava demonstrar seus sentimentos a esse respeito.

— Ele é igual ao pai – acabou por dizer com certa rispidez, acrescentando. – Esperemos que se comporte de maneira mais louvável. Muito bem, o que temos hoje, Mordaunt? Quem está com problemas agora?

Não era tão ruim quanto o pároco havia esperado, mas ele hesitou um segundo antes de começar:

— Trata-se de Higgins, da fazenda Edge. Tem tido pouca sorte. Esteve doente no outono passado, e os filhos dele tiveram escarlatina. Não posso dizer que seja um administrador muito bom, mas não teve sorte e ficou para trás de várias formas. Agora está com problemas para pagar o aluguel. Newick disse que, se ele não pagar, deverá deixar o lugar; é claro que isso seria muito grave. A esposa dele está doente, e Higgins me procurou ontem implorando que cuidasse do assunto e pedisse a Vossa Senhoria que lhe concedesse um prazo maior. Acha que, se Vossa Senhoria lhe der tempo, poderá recuperar o que perdeu.

— Todos acham isso – comentou o conde de modo sombrio.

Fauntleroy deu um passo à frente. Esteve de pé entre o avô e o visitante, ouvindo com toda a atenção. Ele havia se interessado pelo caso Higgins de imediato. Pensou em quantos filhos ele teria e se a escarlatina lhes fizera muito mal. Com os olhos arregalados, ele fitava o senhor Mordaunt enquanto o cavalheiro continuava:

— Higgins é um homem bem-intencionado – disse, esforçando-se para dar ênfase ao seu pedido.

– É um inquilino muito ruim – retrucou o conde. – E está sempre em atraso, segundo me conta Newick.

– Está com grandes problemas no momento – insistiu o pároco. – Agora a esposa e os filhos, e, se tirarem a fazenda dele, passarão fome, sem dúvida. Higgins não poderá lhes fornecer as coisas de que precisam. Duas das crianças ficaram muito mal depois da febre, e o médico lhes receitou vinho e alguns luxos que Higgins não pode lhes dar.

Ouvindo isso, Fauntleroy deu mais um passo à frente.

– Foi assim com Michael – falou.

O conde pareceu um pouco surpreso.

– Eu me esqueci de VOCÊ! – exclamou. – Esqueci que tínhamos um filantropo na sala. Quem é Michael? – E o brilho divertido voltou a seus olhos fundos.

– O marido de Bridget que teve febre – respondeu Fauntleroy. – Não podia pagar o aluguel nem comprar vinho e outras coisas. E o senhor me deu dinheiro para ajudá-lo.

Dessa vez o conde uniu as sobrancelhas em um gesto mais curioso que sombrio. Fitou o senhor Mordaunt.

– Não sei o tipo de proprietário de terras que ele será – comentou. – Mandei que Havisham desse tudo que o menino pedisse... Tudo que quisesse... E parece que tudo que desejava era dinheiro para dar aos pedintes.

– Oh! Mas não eram pedintes – disse Fauntleroy com veemência. – Michael é um esplêndido pedreiro! E todos trabalham.

– Ah! – exclamou o conde. – Não eram pedintes. São esplêndidos pedreiros, engraxates e mulheres que vendem maçãs.

Em silêncio, inclinou a cabeça para o menino por alguns instantes. Na verdade, um novo pensamento lhe havia ocorrido e, mesmo se talvez não fosse ditado pelas mais nobres emoções, não era nada mau.

– Venha cá – disse por fim.

Fauntleroy obedeceu e se aproximou o mais que pôde sem se encostar no pé dolorido do avô.

– O que VOCÊ faria neste caso? – quis saber o conde.

É preciso dizer que nesse momento o senhor Mordaunt teve uma sensação estranha. Sendo um homem muito ponderado e tendo vivido muitos anos nas terras Dorincourt, conhecendo os inquilinos, pobres e ricos, as pessoas do vilarejo que eram algumas honestas e trabalhadoras e outras desonestas e preguiçosas, percebia com clareza o poder tanto para o bem quanto para o mal que seria dado no futuro àquele garotinho com os olhos castanhos arregalados e as mãos enterradas nos bolsos.

E lhe ocorreu também que o menino estava recebendo muito poder já naquele momento, por causa do capricho de um velho orgulhoso que achava que podia fazer tudo. Caso aquela criança não tivesse um caráter bom e generoso, poderia fazer o mal não apenas para os outros, mas para si mesmo também.

– O que VOCÊ faria neste caso? – insistiu o conde.

Fauntleroy se aproximou um pouco mais e pousou a mão no joelho do avô da maneira mais confiante e amigável.

– Se eu fosse muito rico – disse –, e não apenas um garotinho, deixaria Higgins ficar e daria as coisas de que seus filhos precisam; mas sou só um menino. – Então, depois de uma pausa, seu rosto brilhou. – Porém O SENHOR pode fazer o que quiser, não pode?

– Humm – resmungou o conde, fitando o neto. – É a sua opinião, certo? – mas não falou em tom contrariado.

– Quero dizer que pode dar o que quiser a qualquer pessoa – disse Fauntleroy. – Quem é Newick?

– Meu administrador – respondeu o conde –, e alguns dos meus inquilinos não gostam muito dele.

– Vai escrever uma carta para ele agora? – perguntou Fauntleroy. – Quer que traga pena e tinta? Posso tirar o jogo de cima da mesa.

Era evidente que nem por um instante havia passado pela cabeça de Cedric que Newick teria permissão de agir mal.

O conde fez uma pausa, sempre olhando para o menino.

– Sabe escrever? – perguntou.

– Sim – respondeu Cedric –, mas não muito bem.

– Tire as coisas de cima da mesa – comandou o avô – e traga pena e tinta e uma folha de papel da minha escrivaninha.

O senhor Mordaunt ficava cada vez mais entusiasmado. Fauntleroy obedeceu depressa. Em poucos momentos, a folha de papel e o grande tinteiro e a pena estavam ali.

– Pronto! – exclamou o menino, feliz. – Agora o senhor pode escrever.

– É você quem vai escrever – disse o conde.

– Eu! – exclamou Fauntleroy, ficando vermelho. – Vai valer se eu escrever? Às vezes faço erros de ortografia se não tenho um dicionário e se ninguém me corrige.

– Tudo bem – respondeu o conde. – Higgins não vai criticar sua ortografia. Não sou o filantropo aqui; você é. Molhe a pena na tinta.

Fauntleroy segurou a pena e a mergulhou no tinteiro, e então se ajeitou para escrever, inclinado sobre a mesa.

– Agora – quis saber – o que eu digo?

– Pode dizer "pelo momento não deve interferir com Higgins", e assinar "Fauntleroy", disse o conde.

Cedric voltou a mergulhar a pena no tinteiro e, apoiando o braço, começou a escrever. Era um processo lento, feito com seriedade, mas se entregou totalmente à tarefa. E pouco depois a carta ficou pronta, e ele a entregou ao avô com um sorriso um tanto ansioso.

– Acha que está bom? – perguntou.

O conde deu uma olhada, e os cantos de seus lábios se ergueram um pouco.

– Sim – respondeu. – Higgins vai achar a carta muito satisfatória. – E assim dizendo a entregou para o senhor Mordaunt.

E o que o pároco leu foi:

Caro senhor Newick, por "gentilesa" não deve "interfirir" com o senhor Higgins no momento. Obrigado.

Respeitosamente,

FAUNTLEROY

– O senhor Hobbs sempre assinava as cartas dele assim – explicou Cedric –, e achei melhor dizer também "obrigado". É assim que se escreve "interfirir?".

– Não é bem assim que mostra o dicionário – respondeu o conde.

– Tinha medo de que dissesse isso – disse o neto. – Deveria ter lhe perguntado antes. Viu? É isso que acontece com palavras de mais de uma sílaba. É preciso verificar no dicionário. Mais seguro. Vou escrever de novo.

E assim fez, e a cópia ficou magnífica, pois Cedric tomou cuidado com a ortografia consultando o próprio conde.

– A ortografia é uma coisa engraçada – comentou. – Quase sempre tão diferente do que se espera. Costumava pensar que "obrigado" se escrevia "bri-ga-do", mas não é, o senhor sabe. E pensava que "querida" se escrevia "cri-da" antes de verificar. Às vezes chega a desanimar.

Quando o senhor Mordaunt foi embora, descendo a avenida de volta para casa, levava consigo a carta e algo mais... Sem sombra de dúvida, uma sensação muito mais agradável e esperançosa do que a que costumava sentir em qualquer outra visita que havia feito ao Castelo Dorincourt.

Depois que o pároco partiu, Fauntleroy, que o tinha acompanhado até a porta, voltou para perto do avô.

– Posso visitar Querida agora? Acho que ela está me esperando.

O conde ficou em silêncio por um momento.

– Primeiro há uma coisa que você deve ver na estrebaria – disse. – Use a campainha.

– Se o senhor quer – disse Fauntleroy, corando um pouco. – Agradeço muito, mas acho melhor ver amanhã. Ela está me esperando.

– Muito bem – concordou o conde. – Chamaremos a carruagem. – E acrescentou com frieza. – É um pônei.

Fauntleroy respirou fundo.

– Um pônei! – exclamou. – De quem é?

– Seu – respondeu o avô.

– Meu? – gritou o garotinho. – Meu... Como as coisas lá em cima?

– Sim – disse o avô. – Quer vê-lo? Quer que mande trazê-lo?

As faces de Fauntleroy ficaram mais vermelhas.

– Nunca imaginei que teria um pônei! Nunca pensei nisso! Querida vai ficar tão contente. O senhor me dá TUDO, não é mesmo?

– Quer vê-lo? – insistiu o conde.

Fauntleroy respirou fundo de novo.

– QUERO vê-lo – respondeu. – Quero tanto que mal consigo esperar. Mas acho que não tenho tempo.

– PRECISA visitar sua mãe hoje à tarde? – perguntou o conde. – Não pode adiar?

– Ora – disse Fauntleroy –, ela andou pensando em mim a manhã toda, e eu, pensando nela!

– Oh! – disse o conde. – Pensou, não é? Puxe a campainha.

Enquanto seguiam pela avenida sob o arco das árvores, o conde estava bastante silencioso. Mas não era o caso de Fauntleroy. Ele tagarelava sobre o pônei. Qual sua cor? De que tamanho era? Qual seu nome? Qual sua comida preferida? Quantos anos tinha? Poderia acordar bem cedo de manhã para vê-lo?

– Querida vai ficar tão contente! – ficava repetindo. – Obrigado por ser tão bondoso comigo! Ela sabe que sempre gostei muito de pôneis, mas nunca imaginamos que eu teria um. Havia um garotinho na Quinta Avenida que tinha um pônei e costumava montar todas as manhãs, e eu e Querida costumávamos passar pela casa dele para vê-lo.

Cedric se recostou nas almofadas e fitou o conde por alguns instantes, extasiado e em total silêncio.

– Acho que é a melhor pessoa no mundo – despejou por fim. – Está sempre fazendo o bem... E pensando nas outras pessoas, não é? Querida diz que esse é o melhor tipo de bondade: não pensar em si mesmo, mas nos outros. O senhor é assim, não?

O conde ficou pasmo por ser descrito de maneira tão agradável, e não soube o que dizer. Achou que precisava de tempo para refletir. Ver cada um de seus motivos torpes e egoístas ser transformado em algo bom e altruísta pela simplicidade de uma criança era uma experiência muito diferente.

Fauntleroy prosseguiu sempre olhando para o avô com olhos de admiração... Aqueles olhos grandes, limpos e inocentes!

– Faz tantas pessoas felizes – acrescentou. – Michael e Bridget e os filhos deles, e a mulher das maçãs, e Dick, o senhor e a senhora Higgins e os filhos deles, e o senhor Mordaunt... porque é claro que ele ficou feliz... e Querida e a mim com o pônei, e todos os outros presentes. Sabe, contei nos dedos e de cabeça, e são vinte e sete pessoas que o senhor ajudou. É um bom número... Vinte e sete!

– E eu fui a pessoa bondosa com eles... Não fui? – perguntou o conde.

– Ora, é claro que sim, o senhor sabe disso – respondeu Fauntleroy. – Deixou todos eles felizes. – Hesitou com precaução. – As pessoas às vezes se enganam sobre os condes quando não os conhecem. O senhor Hobbs se enganou. Vou escrever para ele dizendo isso.

– E qual era a opinião do senhor Hobbs sobre os condes? – quis saber o avô.

– Bom, o senhor sabe, a dificuldade era que... ele não conhecia nenhum – respondeu o neto –, e só leu a respeito nos livros. Pensava, não fique aborrecido, que eram tiranos sanguinários. E disse que não iria querer nenhum conde perambulando pela loja dele. Mas, se conhecesse O SENHOR, tenho certeza de que pensaria bem diferente. Vou falar sobre meu avô para ele.

– E o que vai dizer?

– Direi – falou Fauntleroy com o rosto brilhando de entusiasmo – que é o homem mais bondoso que já conheci. E que está sempre pensando nos outros, e os fazendo felizes, e... e espero que, quando eu crescer, possa ser igual ao senhor.

– Igual a mim! – repetiu o conde, fitando o rostinho gentil. E então sua pele ficou arroxeada. Ele virou a cabeça de repente, evitando encarar os olhos do neto, e olhou para fora da carruagem, para as grandes faias cujas folhas de cor castanho-avermelhada brilhante reluziam ao sol.

– IGUAL ao senhor – insistiu Fauntleroy, acrescentando com modéstia. – Se eu puder. Talvez eu não seja bom o suficiente, mas vou tentar.

A carruagem prosseguiu descendo a avenida sob as árvores de galhos frondosos, pelos espaços sombreados de verde e trechos iluminados pelo sol dourado. Fauntleroy reviu os lindos lugares onde as samambaias cresciam muito altas e os jacintos dançavam com a brisa; viu os cervos de pé ou deitados na grama alta dirigir seus olhos grandes e assustados para a carruagem que passava, e viu de relance os coelhos marrons fugindo. Ouviu o som das perdizes e o chamado e o canto dos pássaros, e tudo parecia ainda mais bonito do que da primeira vez. Seu coração estava cheio de satisfação e felicidade com a beleza que existia em cada canto.

No entanto, o velho conde via e ouvia coisas bem diferentes, embora parecesse admirar a paisagem também. Via uma longa existência onde não havia tido nem atitudes generosas nem pensamentos bondosos; via anos seguidos em que um homem, jovem e forte, rico e poderoso gastara sua juventude, vigor, riqueza e poder apenas para satisfazer seus desejos e matar o tempo enquanto dias e anos se sucediam. Via esse mesmo homem, quando o tempo passava e a velhice chegava, solitário e sem amigos de verdade em meio a toda a sua esplêndida riqueza; via pessoas que o odiavam ou temiam, e outras que o adulavam e se encolhiam na sua presença, mas que pouco ligavam se ele vivesse ou morresse, a menos que tivessem algo a ganhar ou perder com isso.

Olhou para a extensão de terras a perder de vista e que eram suas, sabendo que Fauntleroy ignorava até onde elas alcançavam, quanta riqueza representavam e quantas pessoas viviam naquele solo. E sabia também, outra coisa que o neto ignorava, que em todos aqueles lares humildes ou prósperos provavelmente não havia uma só pessoa, por mais que invejasse sua opulência, o nome nobre e poder, por mais que desejasse possuir tudo aquilo, que por um instante pensasse em chamar o dono de tudo aquilo de "bom" ou que desejasse, como almejava a alma inocente daquele menino, ser igual a ele.

E não era nada agradável refletir sobre isso, pois era um velho cínico e materialista que viveu olhando o próprio umbigo por setenta anos e nunca havia se dignado importar-se com a opinião que o mundo tinha dele, contanto que não interferisse em seu conforto e prazer.

E a verdade é que jamais se dignou a refletir sobre isso até esse momento; só o fazia agora porque uma criança acreditava que ele era uma pessoa melhor do que realmente era, e desejava seguir seus passos ilustres e imitar seu exemplo. O conde se questionava se era de fato um exemplo a ser seguido.

Fauntleroy achou que o pé devia estar incomodando o avô, porque ele estava com as sobrancelhas muito franzidas enquanto fitava o parque; assim pensando, resolveu não o incomodar e, e admirou as árvores, as samambaias e os cervos em silêncio.

Mas, por fim, tendo passado pelos portões e enveredado pelos gramados verdes até certo trecho, a carruagem parou. Haviam chegado a Court Lodge. O lacaio grandão mal teve tempo de abrir a portinhola, e Fauntleroy já havia descido.

O conde acordou de seus pensamentos com um estremecimento assustado.

– Quê! – exclamou. – Já chegamos?

– Sim – disse Fauntleroy. – Vou lhe dar sua bengala. Pode se apoiar em mim quando descer da carruagem.

– Não vou descer – anunciou o conde de modo brusco.

– Não vai ver Querida? – exclamou Fauntleroy com uma expressão de espanto no rosto.

– Querida vai me desculpar – disse o conde com frieza. – Vá vê-la e diga que nem um pônei conseguiu impedi-lo de vir aqui.

– Ela vai ficar desapontada – disse Cedric. – Deve estar querendo muito conhecer o senhor.

– Acho que não – foi a resposta. – A carruagem virá buscá-lo depois. – Gritou para o lacaio. – Diga a Jeffries para seguir, Thomas.

E Thomas fechou a porta da carruagem e, após mais um olhar perplexo, Fauntleroy subiu o caminho até a casa. O conde então teve a oportunidade, como tivera o senhor Havisham, de ver um par de pernas infantis bem modeladas e fortes correr pelo solo com uma rapidez incrível. Sem dúvida, o dono das pernas não tinha intenção de perder tempo.

A carruagem partiu devagar, mas o conde não se recostou no assento, continuou a fitar a paisagem. Por uma fresta entre as árvores podia ver a porta da casa, estava escancarada. A figurinha subiu correndo os degraus e outra figura, pequena também, delgada e jovem usando um vestido preto, correu para recebê-lo. Os dois pareciam voar juntos, enquanto Fauntleroy se lançava nos braços da mãe, agarrando seu pescoço e cobrindo seu adorável e jovem rosto com beijos.

7

Na manhã do domingo seguinte, o senhor Mordaunt recebeu a congregação em grande número. Na verdade, não conseguia se lembrar de um domingo em que a igreja tivesse ficado tão cheia. Pessoas que raramente vinham ouvir seus sermões deram a honra de sua presença.

Veio até gente de Hazelton, a próxima paróquia. Havia fazendeiros saudáveis e queimados de sol, esposas robustas e tranquilas com faces parecendo maçãs vermelhas e usando seus melhores chapéus e mais belos xales, além de cerca de meia dúzia de crianças por família. A esposa do médico estava lá com suas quatro filhas. O senhor e a senhora Kimsey, que eram donos da farmácia e manipulavam pílulas e pós para todos que moravam em um raio de dezesseis quilômetros, ocupavam seus assentos. A senhora Dibble ocupava o seu também, assim como a senhorita Smiff, costureira do vilarejo e sua amiga, a senhorita Perkins, chapeleira de senhoras. O jovem filho do médico estava presente, assim como o aprendiz do boticário. Em síntese, quase todas as famílias do condado se encontravam ali representadas de um modo ou de outro.

Durante a semana anterior, muitas histórias maravilhosas haviam circulado a respeito do jovem lorde Fauntleroy. A senhora Dibble andava muito ocupada, atendendo freguesas que vinham comprar um centavo de agulhas ou uns centímetros de fita para ouvir o que ela tinha para contar; a sineta em cima da porta da loja teria morrido de cansaço se fosse uma pessoa com tanto entra e sai. A senhora Dibble sabia em detalhes como o quarto do pequeno lorde tinha sido mobiliado para recebê-lo e quais brinquedos caros haviam sido comprados; sabia sobre o lindo pônei castanho que aguardava pelo pequeno lorde e que tinha um jovem criado só para cuidar dele, e sobre a pequena carruagem com arreios de prata. E ela podia contar sobre o que toda a criadagem do castelo dissera quando havia visto a criança de relance na noite em que chegara; e como todas as criadas da rica propriedade tinham comentado que era uma vergonha separar o garotinho adorável de sua mãe; e todos haviam declarado ter ficado com o coração na mão quando ele foi sozinho até a biblioteca conhecer o avô, porque "não se sabia como seria tratado, pois eles, que eram adultos, ficavam nervosos na presença do conde, imagine uma criança".

– Mas pode acreditar em mim, senhora Jennifer – disse a senhora Dibble. – Aquele menino não sabe o que é medo... Foi o que disse o próprio senhor Thomas; se sentou e sorriu e conversou com o conde como se fossem amigos desde que ele havia nascido. E o conde ficou tão surpreso, disse Thomas, que não conseguiu fazer nada além de ouvir com o olhar fixo no menino.

E a senhora Dibble acrescentou para a senhora Bates que, na opinião do senhor Thomas, por mais cruel que fosse o conde, ficou no íntimo impressionado, e orgulhoso também, pois não existe menino mais bonito e bem-educado, apesar de ter maneiras um pouco antiquadas.

E então surgiu a história de Higgins. O reverendo senhor Mordaunt contou à mesa do jantar e os criados que tinham ouvido foram divulgar a notícia na cozinha, e dali se espalhou como plumas ao vento.

E no dia de mercado, quando Higgins apareceu na cidade, foi bombardeado com perguntas de todos os lados, assim como Newick, que em resposta exibiu para duas ou três pessoas a carta assinada "Fauntleroy".

E assim as esposas dos fazendeiros tiveram muito que conversar à hora do chá e nas compras, dando o devido valor ao assunto com muita ênfase. No domingo, tinham ido à igreja a pé ou nos seus cabriolés guiados pelos maridos, que também estavam um pouco curiosos a respeito do novo pequeno lorde, futuro proprietário das terras.

O velho conde não tinha o hábito de frequentar a igreja, porém resolveu aparecer nesse primeiro domingo... Queria se exibir no enorme banco destinado à sua família com Fauntleroy ao seu lado.

Naquela manhã, havia muita gente sem fazer nada fora da igreja e na estrada. Grupos se reuniam nos portões e no pórtico e discutiam muito se realmente Sua Senhoria iria aparecer ou não. E, quando a discussão alcançou seu auge, de repente uma mulher exclamou:

– Ei! Aquela deve ser a mãe. Que lindinha e jovem ela é.

Todos que ouviram se voltaram e fitaram a figura esbelta de preto que subia a pé o caminho para a igreja. O véu havia se afastado de seu rosto, e todos puderam ver como ela era linda e doce, com os cabelos brilhantes e ondulados, suaves, como os de uma criança sob o chapeuzinho de viúva.

Ela não percebeu as pessoas à sua volta; estava pensando em Cedric e nas suas visitas, na alegria dele com o novo pônei que montara no dia anterior para ir visitá-la, muito aprumado e parecendo orgulhoso e feliz. Porém em breve não conseguiu deixar de notar que era o centro das atenções e que sua chegada provocava certa sensação.

Reparou nisso porque, em primeiro lugar, uma mulher idosa usando um manto vermelho a cumprimentou com uma reverência meio cambaleante, e então outra fez o mesmo, dizendo: "Deus a abençoe, senhora!". E um homem após o outro tirou o chapéu enquanto ela passava. Por um momento, a mãe de Cedric não entendeu, mas logo percebeu que tudo aquilo era por ser a mãe do pequeno lorde Fauntleroy. Enrubesceu pela timidez, mas também acenou, dizendo "Obrigada" com voz gentil para a velha que a abençoara.

Para alguém que sempre viveu em uma cidade americana barulhenta e superlotada, aquela deferência singela era uma grande novidade e, de início, até um pouco constrangedora. Mas, no final das contas, a senhora Errol não conseguiu deixar de se emocionar com o coração amigável e caloroso daquelas pessoas. Mal havia passado pelo pórtico de pedra para entrar na igreja quando o grande evento do dia aconteceu. A carruagem do castelo, com seus cavalos imponentes e lacaios altos de uniforme, deu a volta na esquina, descendo o caminho gramado.

– Aí vêm eles! – disse um dos presentes para outro.

E então a carruagem se aproximou, e Thomas apeou, abrindo a portinhola. Um garotinho vestido de veludo preto com lindos cabelos brilhantes e cacheados pulou para fora.

Todos os homens, mulheres e crianças o fitaram com curiosidade.

– É a cara do capitão! – exclamaram os presentes que se lembravam de seu pai. – É o capitão escrito!

Cedric ficou ali parado sob o sol erguendo o rosto para o conde com o maior interesse e afeição possíveis, enquanto Thomas ajudava o nobre a descer. Assim que pôde, Cedric estendeu a mão e ofereceu o ombro ao avô para que ele se apoiasse como se tivesse dois metros de altura. Ficou claro para todos que assistiam à cena que, embora o conde de Dorincourt apavorasse muita gente, isso não acontecia com seu neto.

– Apenas se recline em mim – ouviram a criança dizer. – Como todos estão felizes em vê-lo, e como parecem conhecê-lo bem!

– Tire o boné, Fauntleroy – disse o conde. – É você quem estão cumprimentando.

– Eu! – exclamou o menino, tirando o boné sem demora e revelando a cabeça loira para a multidão. Seus olhos reluzentes e perplexos cravaram nas pessoas enquanto tentava cumprimentar a todos.

– Deus abençoe Vossa Senhoria! – disse a velha com o manto vermelho que cumprimentara sua mãe, fazendo a mesma reverência para ele. – Longa vida!

– Obrigado, senhora – disse Fauntleroy.

E então entrou na igreja com o avô, e lá todos os olhares os acompanharam pela nave até os bancos com almofadas e cortinas. Quando Fauntleroy se sentou, fez duas descobertas que o deixaram contente: a primeira, do lado oposto onde podia vê-la, estava sua mãe sentada e sorrindo para ele; a segunda era que em uma ponta, encostadas à parede, se encontravam ajoelhadas duas curiosas figuras esculpidas em pedra de frente uma para a outra de cada lado de um pilar que sustentava dois missais também de pedra; as mãos finas das figuras estavam em posição de oração, e suas roupas eram muito antigas e estranhas. Havia uma placa perto delas com uma inscrição. Cedric leu as palavras misteriosas:

Aqui jaz Gregory Arthur, Primeiro Conde de Dorincourt, e Alison Hildegard, sua esposa.

– Posso perguntar uma coisa bem baixinho? – disse o pequeno lorde muito curioso.

– O que é? – perguntou o avô.

– Quem são eles?

– Dois de seus ancestrais – respondeu o conde – que viveram há mais de cem anos.

– A ortografia dos nomes deles é difícil – comentou lorde Fauntleroy com respeito.

E começou a olhar em volta. Quando a música começou, levantou-se e olhou para a mãe do outro lado, sorrindo. Cedric adorava música e costumava cantar com a mãe. Então se uniu aos outros no cântico, sua voz pura e doce se elevando como o trinado de um pássaro. Quase se esqueceu de si mesmo no prazer de cantar. O conde também se esqueceu de si um pouco enquanto se sentava no seu canto protegido pela cortina e observava o neto.

Cedric estava com o grande missal aberto nas mãos, cantando com todo o vigor infantil, o rosto erguido com alegria, e, enquanto cantava, um longo raio de sol penetrou por uma janela com vitrais iluminando seus cabelos. Do outro lado da igreja, sua mãe o fitou, sentindo o coração palpitar, e orou... Uma prece para que a alegria simples e pura daquela alma infantil pudesse durar e para que a estranha e grande sorte que havia recaído sobre o filho não trouxesse o erro nem o mal consigo. Muitos pensamentos suaves, outros ansiosos invadiam seu doce coração nesses últimos dias.

– Oh, Ceddie! – a mãe disse a ele na noite anterior, enquanto o abraçava na despedida, antes de ele regressar ao castelo. – Oh, Ceddie, querido, gostaria pelo seu bem de ser muito inteligente e poder lhe dizer muitas coisas sábias! Mas, meu amado, digo apenas para que seja sempre bom, corajoso, generoso e verdadeiro, e assim nunca magoará ninguém enquanto viver, e que possa ajudar muitos, e que este grande mundo se torne melhor porque meu filhinho vive nele. E isso é o principal, Ceddie... Muito além de tudo o mais; que o mundo seja um pouco melhor porque um homem viveu... e fez o bem, meu querido.

E, ao voltar ao castelo, Fauntleroy repetiu as palavras de sua mãe para o avô.

– Pensei no senhor quando ela disse isso – finalizou –, e eu disse para Querida que o mundo estava melhor porque o senhor vivia nele, e que iria tentar seguir seu exemplo.

– E o que ela respondeu? – perguntou o conde, um pouco sem graça.

– Disse que eu estava certo, e que sempre deveríamos procurar o bem nas pessoas e imitar isso.

Talvez fosse nisso que pensasse o velho nobre enquanto olhava pelas dobras da cortina vermelha do seu banco. Por muitas vezes, olhou por cima da cabeça dos fiéis até onde se sentava, sozinha, a esposa de seu filho, e vira o rosto bonito que o falecido sem perdão tanto amara, e os olhos tão parecidos com os da criança ao seu lado; porém seria difícil saber quais eram exatamente os pensamentos do conde, se eram duros e amargos ou se haviam se suavizado um pouco.

Quando mais tarde avô e neto deixaram a igreja, muitos que haviam assistido ao serviço religioso esperavam que eles passassem. Enquanto se aproximavam do portão, um homem de pé com o chapéu na mão deu um passo à frente e hesitou. Era um fazendeiro de meia-idade com feições cansadas.

– Olá, Higgins – disse o conde.

Fauntleroy se virou depressa para olhar o homem.

– Oh! – exclamou. – É o senhor Higgins?

– Sim – respondeu o conde de modo seco. – E creio que veio dar uma olhada em seu novo senhorio.

– Sim, milorde – disse o fazendeiro com o rosto bronzeado enrubescendo. – O senhor Newick me contou que o jovem lorde teve a bondade de falar por mim, e pensei em dizer uma palavra de agradecimento se me permitir.

O senhor Higgins talvez tivesse ficado surpreso ao ver o tiquinho de gente que de maneira inocente havia feito tanto por ele e que estava ali parado, levantando o rosto para fitá-lo, como qualquer um de seus próprios filhos menos favorecidos poderia ter feito, mas parecendo não perceber sua própria importância.

– Tenho muito a agradecer a Vossa Senhoria – disse. – Muito. Eu...

– Oh – interrompeu Fauntleroy. – Apenas escrevi a carta. Foi meu avô quem o ajudou. Mas, sabe como ele é, sempre fazendo o bem para todos. A senhora Higgins melhorou?

Higgins pareceu um pouco espantado. Também estava surpreso por ouvir seu senhorio ser mencionado como uma pessoa benevolente, cheia de qualidades.

– Eu... Sim, milorde – gaguejou. – A senhora melhorou desde que sua mente parou de remoer os problemas. Era a preocupação que a derrubava.

– Que bom – disse Fauntleroy. – Meu avô ficou com pena por saber que seus filhos estavam com escarlatina, e eu também fiquei. Ele também teve filhos. Sou filho do caçula dele, o senhor sabe.

Higgins estava a ponto de entrar em pânico. Achou mais seguro e discreto não olhar para o conde, já que todos sabiam que seu amor paternal só o deixara ver os filhos duas vezes por ano e que, quando eles ficavam doentes, logo partia de Londres, porque não queria se aborrecer com médicos e enfermeiras. Portanto, devia ser um pouco constrangedor para o conde ouvir com os olhos brilhando sob as sobrancelhas hirsutas que sentia pena dos que tinham escarlatina.

– Você vê, Higgins – disse de súbito com um sorriso lúgubre –, que todos têm se enganado a meu respeito. Lorde Fauntleroy me compreende. Então, quando quiserem informações confiáveis sobre o meu caráter, recorram a ele. – Voltou-se para o neto. – Entre na carruagem, Fauntleroy.

Cedric pulou para dentro do veículo, que partiu pelo caminho verdejante, e, mesmo quando fez a curva para seguir pela estrada principal, o conde continuava com seu sorriso sombrio nos lábios.

8

Lorde Dorincourt teve oportunidade de esboçar seu sorriso sombrio muitas vezes nos dias que se seguiram. De fato, enquanto seu relacionamento com o neto progredia, sorria com tanta frequência que em certos momentos até perdia seu ar lúgubre. Não havia como negar que, antes de lorde Fauntleroy surgir em cena, o conde começara a se cansar muito de sua solidão, da gota e de seus setenta anos.

Após uma vida tão longa de prazeres e divertimentos, não era agradável se sentar sozinho, mesmo que fosse no cômodo mais luxuoso possível, com um pé gotoso sobre um banquinho e sem nenhuma outra diversão a não ser ter rompantes de raiva e berrar com um criado amedrontado que o odiava em segredo. O velho conde era inteligente demais para não saber perfeitamente que seus criados o detestavam e que as pessoas que vinham visitá-lo não o faziam por afeição, embora alguns se divertissem com sua conversa irônica e sarcástica que não poupava ninguém.

Enquanto era um homem forte e saudável, tinha viajado de um lado para o outro fingindo se divertir, embora não fosse verdade, e, quando sua saúde começou a se deteriorar, sentira-se cansado de tudo e se enclausurara em Dorincourt com sua gota, seus jornais e seus livros. Porém não podia ler o tempo todo e foi ficando cada vez mais "entediado", como costumava dizer. Detestava os longos dias e noites e se tornava cada vez mais selvagem e irritadiço.

E então Fauntleroy chegou, e, quando o conde o viu, para a sorte do garotinho, seu orgulho secreto foi gratificado desde o início. Se Cedric não tivesse sido tão bonito, talvez o velho antipatizasse tanto com ele que não daria a si mesmo a oportunidade de conhecer as qualidades maiores do neto. Mas ele tinha resolvido acreditar que a beleza e o espírito destemido da criança eram resultado do sangue dos Dorincourts e um crédito para a sua estirpe.

E então, quando ouviu o menino falar e constatou como era bem-educado, apesar da ignorância infantil a respeito de sua nova posição, o velho conde gostou ainda mais do neto e até começou a se divertir muito na sua companhia. Era divertido entregar nas mãos infantis o poder de proporcionar um benefício para o pobre Higgins. O conde não dava a mínima importância para Higgins, mas lhe agradava um pouco pensar que as pessoas das redondezas falariam sobre seu neto e que isso começaria a torná-lo popular entre os inquilinos, mesmo sendo ainda uma criança.

Também se sentira satisfeito em ir à igreja com Cedric e notar a animação e o interesse causados por sua chegada. Sabia como falariam da beleza do menino, de seu físico forte, sua postura ereta, seu belo rosto e dos cabelos brilhantes, e como diriam (do modo como o conde ouvira uma mulher admitir para a outra) que o garoto era "um lorde da cabeça aos pés". O senhor de Dorincourt era um velho arrogante, orgulhoso de seu nome, de sua estirpe e, portanto, estava ansioso para mostrar ao mundo que, por fim, a Casa de Dorincourt possuía um herdeiro digno da posição que ocuparia.

Na manhã em que Cedric montou no pônei pela primeira vez, o conde ficou tão satisfeito que quase se esqueceu da gota. Quando o rapaz da estrebaria trouxe a linda criatura que arqueava o pescoço castanho e brilhante e balançava a cabeça ao sol, o nobre se sentou diante da janela aberta na biblioteca e ficou admirando o neto enquanto Fauntleroy tomava sua primeira aula de montaria. Refletiu se o menino demonstraria sinais de timidez. O pônei não era dos menores, e com frequência tinha visto crianças perder a coragem na sua primeira tentativa de montar.

Fauntleroy montou muito satisfeito. Nunca estivera sobre um pônei e se sentia animadíssimo. Wilkins, o criado, conduziu o animal pelos freios para cima e para baixo sob a janela da biblioteca.

— Ele é bastante corajoso — disse Wilkins mais tarde no estábulo, sorrindo muito. — Não deu trabalho colocar o PEQUENO LORDE na sela. Um menino mais velho não teria se sentado com mais segurança do que ELE. Disse... disse para mim, "Wilkins, estou sentado direito? Sentam bem retos no circo", ele falou, e eu respondi, "está reto como uma flecha, milorde!". E ele riu muito satisfeito e respondeu: "Ótimo. Chame minha atenção quando eu não estiver bem sentado, Wilkins!".

Entretanto, sentar-se ereto sobre a sela e ser conduzido pelas rédeas em um passeio não era muito satisfatório. Após alguns minutos desse exercício, Fauntleroy falou com o avô, que o observava da janela:

— Não posso ir sozinho? E não posso ir mais depressa? O menino na Quinta Avenida costumava trotar e ir a meio galope!

— Acha que pode trotar e ir a meio galope? — perguntou o conde.

— Gostaria de tentar — disse Fauntleroy.

O nobre fez um sinal para Wilkins, que trouxe do estábulo seu próprio cavalo, montou e conduziu o pônei pelas rédeas.

— Agora — gritou o conde da janela — deixe-o trotar.

Os próximos minutos foram muito excitantes para o pequeno cavaleiro. Descobriu que trotar não era tão fácil como andar, e, quanto mais rápido o pônei trotava, mais difícil se tornava.

– S-sacol-e-j-a basta-a-a-ante, n-não é? – comentou com Wilkins. – V-você s-sacoleja ta-taaaambém?

– Não, milorde – disse Wilkins. – O senhor vai se acostumar com o tempo. Erga-se nos estribos.

– E-estou me erg-guendo o te-mpo tooo-do – respondeu o menino.

O garoto subia e descia na sela com muitas batidas e sacudidelas. Estava sem fôlego e com o rosto vermelho, mas aguentou com toda a garra, sentado o mais ereto possível. O conde via tudo isso da janela. Quando os dois cavaleiros voltaram minutos depois e ficaram a pouca distância da janela, saindo do meio das árvores, Fauntleroy perdeu o chapéu, suas faces pareciam pimentões vermelhos, e seus lábios estavam cerrados, mas continuava a trotar como um homenzinho.

– Pare um minuto! – disse o avô. – Onde está seu chapéu?

Wilkins tocou a aba do próprio chapéu.

– Caiu, Vossa Senhoria – disse, todo satisfeito. – Milorde não me deixou parar para buscá-lo, Vossa Senhoria.

– Não é medroso, hein? – comentou o conde com frieza.

– Medroso! – exclamou Wilkins. – Acho que ele não sabe o que é medo. Já ensinei muitos jovens cavaleiros a montar e nunca vi um tão determinado.

– Está cansado? – perguntou o conde a Fauntleroy. – Quer apear?

– Sacoleja mais do que imaginei – admitiu o pequeno lorde com sinceridade. – Cansa um pouco também, mas não quero parar. Quero aprender. Assim que recuperar o fôlego, voltarei para pegar o chapéu.

Se a pessoa mais inteligente do mundo tivesse que ensinar Fauntleroy a agradar o velho nobre, não poderia ter aconselhado algo que desse mais resultado. Enquanto o pônei voltava a trotar em direção à avenida, um leve colorido invadiu o rosto feroz do idoso, e seus olhos sob as sobrancelhas desgrenhadas reluziam com uma satisfação que o próprio conde não esperava sentir de novo. E ficou sentado observando com muita animação até ouvir outra vez o som dos cascos. Os cavaleiros haviam sumido entre as árvores e, quando voltaram, algum tempo depois, foi em um ritmo mais rápido, e Fauntleroy continuava sem chapéu, Wilkins carregava para ele. As faces do menino estavam ainda mais vermelhas, e os cabelos voavam ao vento, mas ele vinha a intenso meio galope.

– Pronto! – exclamou sem fôlego. – Consegui ir a meio galope. Não fui tão bem quanto o menino da Quinta Avenida, mas consegui, e não caí!

Depois disso, ele, Wilkins e o pônei ficaram grandes amigos. Era raro o dia em que as pessoas no campo não os viam juntos, a meio galope e felizes na estrada ou nos caminhos verdejantes. As crianças nos chalés corriam para a porta a fim de ver o pequeno pônei castanho todo garboso com a figurinha elegante muito ereta na sela; o pequeno lorde sacudia o chapéu no ar, gritando de um jeito um tanto impróprio para um nobre, mas com grande simpatia:

– Olá! Bom dia!

Às vezes parava e conversava com as crianças, e certa vez Wilkins voltou ao castelo contando a história de como Fauntleroy havia insistido em desmontar perto da escola do vilarejo para que um menino coxo e cansado pudesse voltar para sua casa montado no pônei.

– E macacos me mordam – disse Wilkins contando a história nos estábulos –, macacos me mordam se ele quis desistir disso! Não me deixou desmontar porque disse que o menino poderia não se sentir à vontade no meu cavalo grande. "Wilkins", disse ele, "aquele menino é coxo, e eu não sou, e quero conversar com ele". Então pusemos o garoto sobre o pônei, e milorde foi a pé ao lado dele com as mãos nos bolsos e o chapéu para trás da cabeça, assobiando e conversando muito à vontade! E, quando chegamos à cabana e a mãe do menino saiu para ver o que estava acontecendo, milorde explicou que o garoto estava no seu pônei "porque a perna dele estava doendo e não acho que a bengala seja suficiente; vou pedir ao meu avô para mandar fazer um par de muletas especiais para ele". E que um raio caia na minha cabeça se a mãe não ficou espantada demais! Acho que, se fosse eu, teria desmaiado!

Quando o conde ouviu a novidade, não ficou zangado como Wilkins havia temido; ao contrário, começou a rir e mandou chamar Fauntleroy e o fez repetir a história do início ao fim, e riu de novo. Na verdade, alguns dias depois, a carruagem Dorincourt parou diante da cabana onde morava o menino coxo, e Fauntleroy desceu e foi até a porta, levando um par de muletas leves, mas resistentes. Ele as carregava nos ombros como uma arma e as entregou à senhora Hartle (o nome da família do menino coxo era Hartle) com estas palavras: "Com os cumprimentos do meu avô, e, por favor, aceite porque são para o seu filho e esperamos que ele fique melhor".

– Disse que era com seus cumprimentos – explicou Cedric para o conde quando voltou para a carruagem. – O senhor não me falou para falar assim, mas achei que talvez tivesse esquecido. Fiz bem, não fiz?

E o conde voltou a rir sem dizer nem sim nem não. Na verdade, os dois estavam mais próximos a cada dia, e a cada dia a fé de Fauntleroy na benevolência e na virtude do avô aumentava. Não tinha a menor dúvida de que seu avô era o senhor mais amável e generoso do mundo. E os desejos de Cedric eram atendidos quase antes de serem feitos. Presentes e diversões eram atirados no seu colo, e às vezes ficava perplexo com tantas posses. Parecia que precisava ter e fazer tudo o que queria. E, embora esse não fosse um bom plano para educar um garotinho, o pequeno lorde Fauntleroy se comportava muito bem. Talvez, apesar de sua natureza meiga, pudesse até ficar mimado demais, não fosse pelas horas que passava com a mãe em Court Lodge. Sua "melhor amiga" o vigiava de perto com carinho. Os dois mantinham longas conversas, e ele nunca voltava para o castelo sem sentir os beijos dela em suas faces e sem levar em seu coração algumas palavras simples, puras e valiosas para lembrar.

Havia uma coisa que deixava o menino muito curioso: pensava mais nesse mistério do que alguém poderia supor; mesmo sua mãe ignorava quanto ele pensava nisso. E o conde por muito tempo não suspeitou desses pensamentos.

Entretanto, sendo muito observador, Cedric não podia deixar de refletir por que a mãe e o avô não se encontravam. Nunca havia um encontro de verdade. Quando a carruagem dos Dorincourts parava em frente a Court Lodge, o conde nunca descia, e, nas raras ocasiões em que o velho ia à igreja, Fauntleroy era sempre deixado sozinho para conversar com a mãe no pórtico ou ir depois para a casa dela. E, mesmo assim, todos os dias frutas e flores das estufas do castelo eram enviadas a Court Lodge.

Mas o gesto do conde que mais tinha feito Fauntleroy admirá-lo como o mais perfeito dos nobres foi o gesto que ele fez depois do primeiro domingo, quando a senhora Errol voltava a pé e sozinha da igreja. Cerca de uma semana depois, quando Cedric estava indo visitar a mãe, encontrou à porta, em vez da grande carruagem com a parelha de cavalos empinados, outra menor, puxada por um só cavalo baio muito lindo.

– É um presente seu para sua mãe – disse o conde com aspereza. – Ela não pode ficar andando a pé por aí. Precisa de uma carruagem. O cocheiro tomará conta do veículo. É um presente SEU.

Fauntleroy mal conseguiu expressar sua satisfação. Mal pôde se conter até chegar à casa da mãe, que colhia rosas no jardim. Cedric pulou correndo da pequena carruagem e voou até ela.

– Querida! – gritou. – Dá para acreditar? É sua! Ele disse que é um presente meu para você. Sua própria carruagem para ir aonde quiser!

Estava tão feliz que a senhora Errol não soube o que dizer. Não poderia estragar o prazer dele recusando o presente que tinha vindo do homem que preferira ser seu inimigo. Foi obrigada a entrar na carruagem segurando as rosas e se deixar levar para um passeio, enquanto Fauntleroy lhe contava histórias sobre a bondade e a gentileza do avô. Eram histórias tão inocentes que às vezes ela não podia deixar de rir um pouco. Então trazia o filhinho mais para perto e o beijava, feliz por ele só ver o bem no velho conde, que tinha tão poucos amigos.

No dia seguinte, Fauntleroy escreveu para o senhor Hobbs.

Foi uma carta bastante longa, e depois a levou para o avô examinar.

– Porque – disse Cedric – não tenho certeza da ortografia. E, se me apontar os erros, escreverei tudo de novo.

Foi isto que ele escreveu:

Meu caro senhor hobbs quero lhe falar uma coisa sobre meu avô ele é o melhor conde que se possa encontrar é um erro pensar que condes são "tiranios" ele não é "tiranio" de jeito nenhum gostaria que o conhecesse vocês seriam bons amigos tenho certeza ele tem gota no pé e é uma grande "sofrência" mas ele é tão "pacente" eu o amo cada dia mais porque ninguém deixa de amar um conde como ele que é bom para todos no mundo gostaria que pudesse conversar com ele sabe tudo no mundo pode fazer qualquer pergunta mas nunca jogou beisebol ele me deu um pônei e um carrinho e deu para minha mãe uma "bunita" carruagem e tenho três quartos e brinquedos de todos os tipos o senhor ficaria surpreso e gostaria do castelo e do parque é um castelo tão grande que pode se perder nele wilkins é meu lacaio diz que há um "calabosso" debaixo do castelo é tão lindo tudo no parque iria se surpreender há tantas árvores grandes e cervos e coelhos e gamos que correm e se escondem meu avô é muito rico mas não é orgulhoso nem arrogante como o senhor pensava que os condes eram gosto de estar com ele as pessoas são tão educadas e boas tiram o chapéu para mim e as mulheres fazem "revirência" e às vezes dizem deus abençoe agora sei montar mas antes sacudia quando trotava meu avô deixou um pobre homem ficar na fazenda dele quando não podia pagar o aluguel e a senhora mellon levou vinho e coisas para os filhos doentes dele gostaria de ver o senhor e gostaria que querida pudesse morar no castelo mas fico muito feliz quando não sinto muita saudade dela e amo meu avô todo mundo ama "pro" favor escreva logo seu velho amigo "feissoado"

Cedric Errol

P.S.: ninguém está no "calabosso" meu avô nunca deixou ninguém ali.

P.S.: ele é um conde tão bom me faz lembrar o senhor.

– Sente muito a falta de sua mãe? – perguntou o conde ao terminar de ler a carta.

– Sim – disse Fauntleroy –, o tempo todo.

Foi até o conde e colocou a mão em seu joelho, erguendo o rosto para fitá-lo.

– VOCÊ não sente falta dela, não é?

– Não a conheço – replicou o conde com dureza.

– Sei disso – falou Cedric –, e é o que me deixa curioso. Ela me disse para não lhe fazer perguntas e… e não farei, mas às vezes não posso deixar de pensar, o senhor sabe, e isso me deixa muito confuso. Mas não vou fazer perguntas. E, quando sinto muita saudade, vou até a janela, onde vejo a luz dela brilhar todas as noites por uma abertura nas árvores.

É longe, mas ela acende a luz na janela assim que escurece, e posso ver piscando a distância, e sei o que diz.

– E o que diz? – perguntou o conde.

– Diz "boa noite, que Deus o proteja toda a noite!". Era o que ela costumava dizer quando estávamos juntos. Todas as noites dizia isso para mim e todas as manhãs dizia "que Deus o abençoe o dia todo!". Então, como pode ver, estou a salvo o tempo todo…

– Claro que sim, não tenho a menor dúvida – disse o conde secamente. E franziu as sobrancelhas hirsutas, olhando para o menino tão fixamente e por tanto tempo que Fauntleroy ficou imaginando o que ele estaria pensando.

9

A verdade era que milorde conde de Dorincourt pensou, naqueles dias, em muitas coisas nas quais jamais havia pensado antes, e todos os pensamentos eram, de um jeito ou de outro, conectados ao neto. O orgulho era o traço mais forte de seu caráter, e o menino o incentivava de todas as maneiras. Por meio desse orgulho, o velho nobre começou a encontrar um novo interesse na vida. Adquiriu o gosto de exibir seu neto para o mundo. O mesmo mundo que tinha conhecido sua frustração com os próprios filhos; então havia um gosto agradável de triunfo ao exibir o novo lorde Fauntleroy, que não desapontava ninguém. O avô desejava que a criança apreciasse seu próprio poder e compreendesse o esplendor de sua posição social; também gostaria que os outros percebessem isso. Então começou a fazer planos para o futuro de Cedric.

Às vezes, em segredo, ele se via desejando que sua vida passada tivesse sido melhor, para não envergonhar e escandalizar o pequeno lorde se ele soubesse a verdade. Não era agradável para o conde pensar em como o rostinho belo e inocente reagiria caso Cedric soubesse que seu avô fora chamado por muitos anos de "o mais cruel conde de Dorincourt". Tal pensamento o deixava um pouco nervoso. Não queria que o menino descobrisse.

Mas, mergulhado em seus novos interesses, o conde se esquecia da gota, e depois de certo tempo seu médico ficou surpreso ao constatar que a saúde de seu nobre paciente estava melhorando muito. Quem sabe o conde estava melhorando agora porque o tempo não passava tão devagar para ele e tinha algo em que pensar além de suas dores e enfermidades.

Em uma bela manhã, os moradores do vilarejo se surpreenderam ao ver o pequeno lorde Fauntleroy montando seu pônei na companhia de outra pessoa que não era Wilkins. Seu novo companheiro montava um magnífico e alto cavalo cinza, e não era nenhum outro a não ser o próprio conde. Na verdade, foi Fauntleroy quem sugeriu esse passeio. Quando estava para montar seu pônei, disse ao avô com certa melancolia:

– Gostaria que o senhor fosse comigo. Quando saio, me sinto solitário, porque o senhor fica sozinho também neste castelo tão grande. Gostaria que montasse a cavalo.

E uma grande agitação tomou conta dos estábulos alguns minutos depois, com a chegada de uma ordem para que Selim, o cavalo cinza, fosse arreado para o conde. Depois disso, Selim era preparado quase todos os dias, e as pessoas se acostumaram com a visão do grande cavalo cinza levando o velho alto e grisalho com seu semblante belo e feroz, parecendo uma águia, ao lado do pônei castanho montado por lorde Fauntleroy. E, em seus passeios juntos pelos gramados verdes e lindas estradas do campo, os dois cavaleiros se tornaram ainda mais próximos, e aos poucos o velho nobre ouviu muito falar de "Querida" e sua vida.

Enquanto Fauntleroy trotava ao lado do grande cavalo, tagarelava todo contente. Não poderia haver uma pequena companhia mais agradável, porque ele tinha um temperamento muito feliz. E era ele quem mais falava. E com frequência o conde ficava calado, ouvindo e observando o rostinho prazeroso que parecia brilhar. Às vezes, pedia a Cedric que saísse a galope, e, quando o garotinho partia a toda a velocidade, ereto sobre a sela e destemido, o nobre o fitava com um brilho de orgulho e prazer nos olhos; e quando, depois dessa corrida, Fauntleroy retornava sacudindo o chapéu e com uma risada alta, o velho conde sempre sentia que o neto e ele eram de fato grandes amigos.

Uma coisa que descobriu foi que a esposa de seu falecido filho não levava uma vida ociosa. Em pouco tempo, soube que os pobres da região a conheciam muito bem. Quando havia doença, sofrimento ou pobreza em alguma casa, a pequena carruagem era vista com frequência à porta.

– O senhor sabia – disse Fauntleroy certa vez – que todos dizem "Deus a abençoe!", e as crianças ficam felizes quando a veem?

Algumas meninas vão à casa de Querida para aprender a costurar. Ela diz que se sente tão rica agora que deseja ajudar os pobres.

Não desagradara ao conde descobrir que a mãe de seu herdeiro tinha um rosto jovem e lindo e que se portava com a elegância de uma duquesa, e de certa maneira também não lhe desagradou saber que era popular e amada pelos pobres. Mesmo assim, não deixava de sentir uma pontada dolorosa de ciúme ao ver como ela preenchia o coração de Cedric e como o menino se agarrava à mãe como a mais amada. O velho gostaria de estar em primeiro lugar para o neto e não ter rivais.

Naquela mesma manhã, conduziu o cavalo para uma parte elevada da charneca por onde passeavam, e fez um gesto com seu chicote, mostrando a extensa e bela paisagem que se estendia à frente deles.

– Sabe que todas essas terras me pertencem? – disse a Fauntleroy.

– Sério? – replicou o neto. – É muito para uma só pessoa e tudo tão lindo!

– Sabia que um dia tudo pertencerá a você, isso e muito mais?

– A mim! – exclamou Fauntleroy com voz de espanto. – Quando?

– Quando eu morrer – respondeu o avô.

– Então não quero – disse o menino. – Quero que viva para sempre.

– Muito gentil – respondeu o conde com seu modo seco. – Entretanto, um dia tudo será seu... Um dia você será o conde de Dorincourt.

O pequeno lorde Fauntleroy ficou sentado sobre a sela muito quieto por alguns momentos. Olhou por cima das grandes charnecas, das fazendas com gramados verdes, dos lindos bosques, os chalés pelos caminhos, o belo vilarejo, e acima das árvores onde surgiam os torreões do grande castelo cinzento e majestoso. Então soltou um suspiro estranho.

– No que está pensando? – quis saber o conde.

– Estou pensando – disse Fauntleroy – em como sou pequeno! E no que Querida me disse.

– O que ela disse? – perguntou o conde.

– Disse que talvez não seja muito fácil ser tão rico, que, se uma pessoa tem sempre tantas coisas, pode às vezes se esquecer que os outros não têm, e que o rico deve sempre tomar cuidado e tentar se lembrar disso. – Sorriu. – Estava conversando com ela sobre quanto o senhor é bom, e ela disse que isso era uma coisa ótima, porque um conde tem tanto poder, e, se ligar apenas para o seu próprio prazer e não pensar nos que moram no campo, essas pessoas não serão ajudadas, e isso seria ruim, porque os pobres são muitos. E eu estava olhando para todas aquelas casas, pensando em como farei para saber sobre seus moradores quando for conde. Como o senhor sabe tudo sobre eles?

Como o conhecimento do conde a respeito de seus inquilinos não ia além de saber quem pagava o aluguel para poder despejar os que não pagavam, achou a pergunta muito difícil.

– Newick descobre para mim – respondeu, acariciando o grande bigode grisalho e fitando o neto de modo desconfortável. – Vamos para casa agora – acrescentou –, e, quando você for um conde, trate de ser melhor do que eu tenho sido!

O conde ficou muito silencioso enquanto voltavam para casa. Parecia incrível que uma pessoa que na verdade nunca tinha amado na vida pudesse estar se afeiçoando tanto àquele garotinho. Pois sem dúvida era o que estava acontecendo. De início, apenas sentira orgulho e satisfação com a beleza e a bravura de Cedric, porém agora havia algo mais do que apenas orgulho. De vez em quando, o conde ria consigo mesmo, soltando uma risada seca e sombria ao pensar no quanto apreciava ter o menino por perto, em como gostava de sua voz e em como no íntimo desejava que o pequeno neto gostasse dele e o admirasse.

"Cheguei à velhice e não tenho outra coisa para pensar", costumava dizer para si mesmo, entretanto sabia que não era isso. E, se admitisse a verdade, talvez descobrisse que as coisas que o atraíam no neto eram as qualidades que ele próprio nunca possuíra: uma natureza franca, verdadeira e bondosa, a confiança amorosa que jamais via o mal em ninguém.

Uma semana após aquele passeio, depois que Fauntleroy foi visitar a mãe, entrou na biblioteca com uma expressão preocupada e pensativa. Correu e se sentou na poltrona de espaldar alto onde se sentara na noite de sua chegada ao castelo, e por alguns minutos fitou as brasas na lareira. O conde o observou em silêncio, imaginando o que viria a seguir. Sem dúvida, algo perturbava Cedric. Por fim, o menino ergueu os olhos.

– Newick sabe tudo sobre as pessoas daqui? – perguntou.

– É o trabalho dele – disse o conde. – Por quê? Ele andou negligenciando as tarefas?

Por mais que fosse contraditório, nada agradava mais ao conde do que ver o interesse do pequeno nos seus inquilinos. Ele próprio nunca se interessara, porém gostava de ver que com seu jeito de criança e em meio às suas brincadeiras e alegria infantil havia tanta seriedade dentro daquela cabecinha loira.

– Existe um lugar – disse Fauntleroy, fitando o avô com os olhos arregalados de horror –, Querida o viu, fica do outro lado do vilarejo. As casas são muito próximas umas das outras e estão caindo aos pedaços; mal dá para respirar direito ali, e as pessoas são tão pobres e tudo é um horror! Costumam ter febre, e as crianças morrem. Ficam cada vez mais fracas por morar ali com tanta pobreza e miséria! Pior que o caso de Michael e Bridget! A chuva entra pelos telhados! Querida foi visitar uma pobre mulher que mora lá. Não me deixou chegar perto dela até que trocou toda a roupa quando voltou. Estava com lágrimas nos olhos quando me contou essas coisas!

E lágrimas também surgiam nos olhos de Fauntleroy, mesmo assim ele sorriu.

– Disse à Querida que o senhor não sabia dessas coisas e que eu lhe contaria. – Cedric saltou da poltrona e se inclinou ao lado do conde. – O senhor pode resolver tudo. Como fez com Higgins. O senhor sempre resolve tudo para todo mundo. Disse à Querida que o senhor vai resolver e que Newick deve ter-se esquecido de lhe contar.

O conde olhou para a mão de Cedric em seu joelho. Newick não havia se esquecido de lhe contar; na verdade, Newick lhe tinha falado mais de uma vez sobre as condições desesperadoras no extremo do vilarejo conhecido como Earl's Court. Sabia tudo sobre as miseráveis cabanas em ruínas e os esgotos precários, as paredes com umidade, janelas quebradas e teto com goteiras. Sabia tudo sobre a pobreza, a febre e a miséria dali.

O senhor Mordaunt havia escrito tudo isso para o conde com a maior ênfase que pudera, e em resposta o conde tinha usado palavra violentas. E, quando a gota estava na pior fase, dizia que quanto mais cedo os habitantes de Earl's Court morressem e fossem enterrados com o auxílio da paróquia, melhor seria... E assim pusera um ponto-final no assunto. Então, ao olhar para a mãozinha no seu joelho e dali para o rosto honesto, severo e os olhos límpidos de Cedric, sentiu uma vergonha por Earl's Court e por si mesmo.

– Ora! – exclamou. – Quer me transformar em construtor de casas-modelo? – E cobriu a mãozinha com a sua, apertando forte.

– Aquelas casas têm que ser postas abaixo – disse Fauntleroy com grande ansiedade. – Foi o que Querida disse. Vamos... Vamos lá amanhã derrubar. As pessoas vão ficar tão alegres quando virem o senhor! Saberão que foi lá para ajudá-las! – Seus olhos brilhavam como estrelas no rosto animado.

O conde se ergueu da poltrona e colocou a mão no ombro do menino.

– Vamos sair e dar nossa volta pelo terraço – propôs com uma risada breve. – E falaremos a respeito.

E, embora risse mais duas ou três vezes enquanto andavam para cima e para baixo no enorme terraço de pedra, onde caminhavam quase todas as noites quando o tempo estava bom, o velho conde parecia estar pensando em alguma coisa que não lhe agradava, mesmo assim manteve a mão no ombro do neto.

10

A verdade era que a senhora Errol havia deparado com inúmeras situações tristes enquanto trabalhava entre os pobres do pequeno vilarejo, que parecia tão pitoresco quando visto do lado das charnecas. Nada era tão pitoresco quando visto de perto. Ela encontrou ócio, pobreza e ignorância onde deveria haver conforto e empenho. E, depois de certo tempo, descobriu que Erleboro era considerado o pior vilarejo daquela parte do país. O senhor Mordaunt lhe relatou muitos problemas e disse que se sentia desencorajado com tantas dificuldades, e muitos detalhes ela descobriu por conta própria. Os corretores da imobiliária que administrava as propriedades ali sempre eram escolhidos para agradar ao conde. Não ligavam para a degradação e o estado deplorável dos pobres locatários. Portanto, muitas coisas haviam sido negligenciadas, quando, ao contrário, deveriam ser cuidadas, e a situação ia de mau a pior.

Earl's Court era uma vergonha, com suas casas dilapidadas e habitantes miseráveis, desleixados e doentes. Quando a senhora Errol foi até lá pela primeira vez, chegou a estremecer. Tanta feiura, desmazelo e carência pareciam piores no campo do que na cidade. Porque ali deveria haver ajuda e, quando olhou para as crianças esquálidas e maltratadas que cresciam no meio do vício e de uma brutal indiferença, pensou no seu filhinho, que passava os dias no enorme e suntuoso castelo, guardado e protegido como um pequeno príncipe, tendo todos os seus desejos satisfeitos, não conhecendo outra coisa além de luxo, conforto e beleza.

E então um pensamento ousado surgiu no seu sábio coração materno. Aos poucos, começou a refletir, como outros refletiam, que seu filho tivera a sorte de agradar muito ao conde e que dificilmente teria algum pedido negado se desejasse algo.

– O conde lhe daria qualquer coisa – disse para o senhor Mordaunt. – Satisfaz qualquer desejo dele. Por que essa indulgência não pode ser encaminhada para o bem dos outros também? Vou me encarregar disso.

Ela sabia que poderia confiar no coração infantil, sincero e bondoso de Cedric, então lhe contou a história de Earl's Court certa de que ele falaria disso com o avô e esperando que isso desse bons resultados.

E, por mais que parecesse estranho para todos, os bons resultados aconteceram.

O segredo estava no fato de que o neto depositava tamanha confiança no avô que isso havia se tornado um enorme poder para influenciar o conde... Cedric acreditava piamente que o avô sempre faria o que era certo e bom. E o conde não tinha o menor desejo de que o neto descobrisse que ele não era generoso como pensava, e que só queria que sua vontade prevalecesse, certa ou errada, em qualquer ocasião.

Era uma novidade tão agradável ser olhado como o benfeitor de toda a raça humana e a alma da nobreza que não lhe agradava pensar em fitar os olhos castanhos tão amorosos de Cedric e dizer: "Sou um velho violento, egoísta e malandro; nunca fiz nada de generoso em toda a minha vida e pouco me importo com Earl's Court ou com os pobres".

Ou qualquer coisa do gênero. Na verdade, ele havia aprendido a gostar muito daquele menininho de cachos loiros e achava que de vez em quando poderia fazer uma boa ação.

Então, embora risse consigo mesmo, após refletir um pouco mandou chamar Newick, teve uma longa conversa com ele a respeito de Earl's Court e decidiu que os barracos miseráveis seriam derrubados e novas casas seriam construídas.

– É lorde Fauntleroy quem insiste nisso – disse com frieza. – Acha que isso vai valorizar a propriedade. Pode dizer aos locatários que a ideia é dele.

Fitou o pequeno lorde deitado no tapete da lareira brincando com Dougal. O cão era o companheiro constante de Cedric e o seguia por toda parte, perseguindo-o com seriedade quando o menino caminhava e trotando com elegância atrás dele quando saía de carruagem ou a cavalo.

É claro que logo as pessoas do campo e da cidade souberam da proposta de melhorias. De início, muitos não acreditaram, mas, quando um pequeno exército de operários chegou e começou a derrubar as cabanas miseráveis, o povo passou a entender que lorde Fauntleroy tinha feito uma boa ação de novo e que, por meio de sua inocente interferência, a escandalosa vergonha que era Earl's Court terminaria por fim. Se o pequeno lorde soubesse como falavam dele e o elogiavam por todos os cantos, profetizando que faria grandes coisas quando crescesse, teria ficado muito espantado! Mas nunca suspeitou disso.

Vivia sua vida simples e feliz de criança, brincando no parque, perseguindo os coelhos até voltarem para a toca, deitando-se na grama sob as árvores ou sobre o tapete da biblioteca, lendo livros maravilhosos que discutia com o conde, e depois repetindo as histórias para sua mãe, escrevendo longas cartas para Dick e para o senhor Hobbs, que respondiam do seu modo característico, andando a cavalo ao lado do avô ou escoltado por Wilkins.

Quando iam ao mercado local, costumava ver as pessoas se voltando para olhá-lo, e notava como seus rostos brilhavam de satisfação ao tirarem o chapéu, mas pensava que isso acontecia porque estava com o avô.

– Gostam tanto do senhor – comentou certa vez, erguendo o rosto para o conde com um amplo sorriso. – Percebe como ficam felizes quando veem o senhor? Espero que um dia também sejam assim simpáticos comigo. Deve ser bom quando TODO MUNDO gosta da gente.

E sentiu orgulho por ser neto de um homem tão admirado e querido.

Durante a reconstrução das casas, avô e neto costumavam ir a cavalo juntos até Earl's Court para apreciar, e Fauntleroy tinha grande interesse. Desmontava do pônei e fazia amizade com os operários, perguntando sobre construção e alvenaria e contando histórias sobre a América. Depois de duas ou três conversas, ele já podia ensinar o conde sobre fabricação de tijolos enquanto voltavam para casa.

– Sempre gosto de saber sobre coisas como essas – disse. – Nunca se sabe quando vamos precisar usar esses conhecimentos.

Depois que o pequeno lorde ia embora, os operários ficavam falando sobre ele e riam com afeição de seus comentários inocentes; mas gostavam do menino e de vê-lo de pé ao seu lado, tagarelando com as mãos nos bolsos, o chapéu puxado para trás dos cachos e o rostinho cheio de curiosidade.

– É uma raridade – costumavam dizer entre si – e muito falante também. Nada parecido com a peste do avô.

E iam para suas casas contar às esposas sobre Cedric. As mulheres conversavam sobre ele, e por fim quase todos conheciam alguma história a respeito do pequeno lorde Fauntleroy.

Aos poucos quase todos sabiam que o "conde malvado" havia encontrado, por fim, alguém de quem gostar... Que tocara e abrandara seu velho coração duro e amargo.

Entretanto, ninguém fazia ideia do quanto esse coração havia se tornado mais brando e de como dia após dia o velho gostava mais e mais da criança, a única criatura que jamais confiara nele.

Esperava com ansiedade o dia em que Cedric se tornasse um rapaz, forte e bonito, com toda a vida pela frente, mas ainda com seu coração bondoso e o poder de fazer amigos por onde quer que fosse. O conde ficava imaginando o que o neto faria e como usaria seus dons. Muitas vezes, quando observava o garotinho deitado sobre o tapete com um livro grande nas mãos, a luz brilhando sobre a cabeça jovem, seus olhos cansados reluziam, e suas faces ficavam rosadas.

"Esse menino pode fazer qualquer coisa", dizia para si mesmo. "Qualquer coisa!"

Jamais falava de seus sentimentos a respeito de Cedric com ninguém. Quando mencionava o neto para outras pessoas, era sempre com o sorriso severo nos lábios. Mas Fauntleroy soube então que o avô o amava e que apreciava sempre sua companhia – perto da sua poltrona se estava na biblioteca, do outro lado da mesa de jantar ou ao seu lado quando montavam, passeavam de carruagem ou caminhavam à noite no amplo terraço.

– Lembra – disse Cedric um dia, erguendo os olhos do livro que lia, deitado no tapete – o que disse ao senhor na primeira noite sobre sermos bons companheiros? Não acredito que existam melhores companheiros do que nós dois, não acha?

– Acho que somos muito bons companheiros – respondeu o conde. – Venha cá.

Fauntleroy se levantou e foi até ele.

– Existe alguma coisa que você queira – perguntou o avô –, algo que ainda não tem?

Os olhos castanhos do menino pousaram no conde com certa melancolia.

– Só uma coisa – respondeu.

– O que é? – quis saber o velho.

Fauntleroy ficou em silêncio por um segundo. Não andara remoendo seus pensamentos por tanto tempo para nada.

– O que é? – repetiu o velho.

Fauntleroy respondeu:

– Querida.

O conde esboçou uma leve careta.

– Mas você a vê quase todos os dias – replicou o conde. – Não é o suficiente?

– Costumava vê-la o tempo todo – disse Fauntleroy. – Ela me beijava quando eu ia dormir de noite, e de manhã estava sempre lá, e podíamos contar um ao outro coisas sem ter que esperar.

Os olhos cansados e os olhos jovens se fitaram por um instante silencioso. Então o conde franziu as sobrancelhas.

– NUNCA esquece a sua mãe? – perguntou.

– Não, nunca – respondeu Fauntleroy –, e ela nunca se esquece de mim. Não me esqueceria do SENHOR se não vivesse aqui. Pensaria ainda mais no senhor.

– Tenho certeza que sim! – exclamou o conde, fitando Cedric por mais um momento.

A pontada de ciúme que o martirizava quando o menino falava da mãe pareceu ainda mais forte. Doía mais porque a afeição do velho pelo garoto tinha aumentado.

Mas em breve sentiria novas pontadas muito mais difíceis de suportar e se esqueceria do ódio que nutria pela esposa do filho. E tudo aconteceu de uma maneira estranha e surpreendente.

Certa noite, um pouco antes de os novos chalés de Earl's Court ficarem prontos, *sir* Harry Lorridaile e *lady* Lorridaile, única irmã do conde, vieram ao castelo para uma visita e um jantar, o que causou grande animação no vilarejo e fez a campainha da loja da senhora Dibble soar como louca de novo, porque todos sabiam que *lady* Lorridaile só viera uma vez a Dorincourt desde seu casamento, trinta e cinco anos antes. Era uma dama idosa muito bonita, de cabelos brancos e faces rosadas com covinhas, e com um coração de ouro. Porém, desaprovava tanto o irmão quanto o resto do mundo, e, como tinha um gênio forte e não temia dizer o que pensava, após brigas terríveis com o conde deixara de vê-lo desde os tempos de juventude.

Através dos anos em que estiveram distanciados, ela tinha ouvido muitos comentários desagradáveis sobre o irmão. Como havia negligenciado a esposa, que acabara falecendo, sua indiferença para com os filhos, e sobre os dois mais velhos, fracos, cheios de vícios e sem atrativos que nunca haviam dado orgulho ao pai ou a qualquer outra pessoa.

Lady Lorridaile não conheceu os dois sobrinhos mais velhos, Bevis e Maurice, mas certa vez chegou a Lorridaile Park um rapaz alto, forte e bonito com mais ou menos dezoito anos, que disse a ela que era seu sobrinho Cedric Errol e que foi visitá-la porque estava passando ali perto e desejava conhecer sua tia Constantia, de quem a mãe lhe falara. O bondoso coração de *lady* Lorridaile se enterneceu diante da visão daquele jovem, e ela o convidou para ficar em sua casa por uma semana, quando o encheu de mimos, cuidou dele e o admirou muito.

Cedric Errol tinha um temperamento tão doce, tão feliz que, quando partiu, ela desejou revê-lo muitas vezes. Mas isso nunca aconteceu, porque o conde estava de mau humor ao voltar de viagem para Dorincourt e proibiu o filho de retornar a Lorridaile Park. Porém a tia sempre se lembrava dele com afeto e, embora temesse que tivesse feito um casamento muito apressado na América, ficou furiosa ao saber que o pai o havia expulsado e que não sabia como Cedric vivia ou onde estava. Por fim, chegou a notícia de sua morte, e então Bevis morreu também, devido a uma queda de cavalo, e Maurice faleceu vitimado por febre em Roma. Logo em seguida, surgiu a história da criança americana que deveria ser encontrada e trazida para a Inglaterra como lorde Fauntleroy.

– Provavelmente para ser arruinado como os outros – disse *lady* Lorridaile para o marido –, a menos que a mãe dele seja muito boa e tenha um caráter firme que a ajude a cuidar do menino.

No entanto, quando soubera que a mãe do pequeno Cedric havia sido separada dele, sua indignação não teve limites.

– É uma vergonha, Harry! – disse ao marido. – Imagine uma criança daquela idade sendo arrancada da mãe para fazer companhia a um homem como meu irmão! Ele vai ser brutal com o menino ou mimá-lo tanto até que se transforme em um monstrinho. Se eu achasse que adiantaria escrever uma carta...

– Não adiantaria, Constantia – declarou Harry.

– Sei disso – ela respondeu. – Conheço muito bem Sua Senhoria o conde de Dorincourt, mas é ultrajante.

Não apenas os pobres e fazendeiros ouviam sobre lorde Fauntleroy, outros também. Falavam tanto a seu respeito e havia tantas histórias sobre sua beleza, seu temperamento simpático, sua popularidade e a influência cada vez maior que exerce sobre o conde, seu avô, que os rumores chegaram até a nobreza em suas casas de campo, e a fama de Fauntleroy alcançou vários condados na Inglaterra.

As pessoas conversavam sobre ele durante jantares, as damas tinham pena de sua jovem mãe e ficavam imaginando se o menino seria tão bonito quanto diziam. Os homens que conheciam o conde e seus hábitos riam muito com as histórias sobre a crença do garotinho na bondade do avô. *Sir* Thomas Asshe, de Asshawe Hall, ao passar por Erleboro certo dia, encontrou o conde e o neto andando a cavalo juntos e parou para apertar a mão do velho nobre e parabenizá-lo pela sua aparência mais jovial e a melhora da gota.

Disse mais tarde sobre esse encontro: "O velho estava orgulhoso como um pavão; na verdade, nunca vi na minha vida um menino mais bonito e educado que o neto dele! Sentava-se na sela reto como uma flecha e dominava o pônei como um soldado de cavalaria!".

E, então, aos poucos *lady* Lorridaile também ouviu falar a respeito da criança. Soube das histórias de Higgins e do menino coxo, das casas em Earl's Court e de muitas outras coisas e começou a desejar conhecer o menino. Quando pensava em como fazer isso acontecer, recebeu uma carta do irmão convidando-a para ir a Dorincourt com o marido.

– Parece incrível! – exclamou a senhora. – Ouvi dizer que essa criança fez milagres e começo a acreditar nisso. Dizem que meu irmão adora o neto e não suporta ficar longe dele. E tem tanto orgulho do menino! Na verdade, acho que está querendo exibir Fauntleroy. – E aceitou o convite sem perda de tempo.

Quando *lady* Lorridaile chegou ao Castelo Dorincourt com *sir* Harry, já era fim de tarde, e a dama se dirigiu aos seus aposentos antes de ver o irmão. Depois de se vestir para o jantar, foi até a sala de visitas. O conde estava lá de pé junto à lareira, muito alto e imponente, e ao seu lado um garotinho trajava veludo preto com uma grande gola de fina renda com a borda recortada. Um menino pequeno cujo rosto redondo e radiante era muito bonito e que dirigiu para a senhora seus olhos castanhos tão lindos e puros que ela quase deixou escapar uma exclamação de prazer e admiração diante de tal visão.

Ao apertar a mão do conde, ela o chamou pelo nome que não usava desde que era jovem:

– Então, Molyneux! É esse o menino?

– Sim, Constantia – respondeu o conde. – É esse. Fauntleroy, esta é sua tia-avó, *lady* Lorridaile.

– Como vai, tia-avó? – saudou Fauntleroy.

Lady Lorridaile colocou a mão em seu ombro e, depois de fitar por alguns segundos seu rosto erguido, beijou-o com carinho.

– Sou sua tia Constantia – disse –, e você se parece muito com seu pobre papai, que eu amava.

– Fico contente quando dizem que me pareço com meu pai – comentou Fauntleroy –, porque todos gostavam dele, como Querida "ezatamenti"..., tia Constantia – acrescentou as duas palavras após uma breve pausa.

Lady Lorridaile estava encantada. Inclinou-se e beijou Cedric de novo, e daquele momento em diante se tornaram amigos do peito.

– Muito bem, Molyneux – disse em particular para o conde mais tarde –, nada poderia ser melhor do que isso!

– Também acho – respondeu o conde secamente. – É um ótimo garotinho. Somos grandes amigos. Ele acredita que sou o mais encantador e bem-humorado dos filantropos. Confesso a você, Constantia, e você descobriria mesmo que eu não confessasse, que corro o risco de me tornar um velho babão por causa do meu neto.

– O que a mãe dele pensa de você? – perguntou *lady* Lorridaile com sua costumeira franqueza.

– Não perguntei – respondeu o conde com uma leve carranca.

– Então – prosseguiu *lady* Lorridaile – serei muito franca com você, Molyneux, logo de início, e digo que não aprovo seu procedimento, e que tenho a intenção de visitar a senhora Errol o mais breve possível. Então, se quer brigar comigo, é melhor deixar isso claro logo. O que ouvi sobre a jovem criatura me faz ter certeza de que seu filho deve tudo a ela. As notícias que chegaram até Lorridaile Park são de que seus inquilinos já a adoram.

– Adoram a ELE – corrigiu o conde, fazendo um gesto de cabeça na direção de Fauntleroy. – Quanto à senhora Errol, verá que é uma mulherzinha bonita, e lhe devo um pouco por ter contribuído para a beleza do menino. Pode ir vê-la se assim deseja. Só lhe peço que ela permaneça em Court Lodge e que você não me peça para ir lá visitá-la. – E voltou a fazer uma leve careta.

– Mas ficou evidente para mim que ele já não a odeia como antes – disse *lady* Lorridaile para *sir* Harry mais tarde. – E de certa maneira é outro homem, por mais que pareça incrível. Harry, na minha opinião, ele está se transformando em um ser humano por causa, nada mais, nada menos, do afeto por aquele menino inocente e amoroso. Ora! A criança o ama de verdade, ela se debruça na poltrona do avô e no joelho dele. Os próprios filhos do meu irmão teriam preferido se apoiar em um tigre a se apoiar nele.

Logo no dia seguinte, ela foi visitar a senhora Errol. Quando voltou, disse ao irmão:

– Molyneux, é a mulherzinha mais adorável que já conheci! A voz dela lembra o som de um sino de prata, e pode agradecer-lhe por ter transformado o filho no que ele é. Ela lhe deu mais do que beleza, e você está cometendo um grande erro por não a persuadir a vir para cá e tomar conta de você também. Vou convidá-la para ir morar em Lorridaile.

– Ela não deixará o garoto – replicou o conde.

– Convidarei Cedric também – disse *lady* Lorridaile rindo.

Ela sabia que o irmão nunca entregaria Fauntleroy para ela, e a cada dia percebia com maior clareza como avô e neto estavam ligados. Todo o orgulho, ambição, esperança e amor do velho sombrio se centravam naquela criança, do mesmo modo como Cedric, com sua inocência, lhe devotava todo o afeto com absoluta confiança e boa-fé.

Lady Lorridaile também sabia que o principal motivo para o jantar que o conde iria oferecer era o desejo secreto de exibir ao mundo seu neto e herdeiro e deixar que as pessoas vissem que o garotinho de quem tanto se falava e comentava era ainda melhor pessoalmente do que os rumores diziam.

– Bevis e Maurice foram uma humilhação muito amarga para ele – disse *lady* Lorridaile ao marido. – Todo mundo sabia disso. Ele na verdade os odiava. O orgulho dele sofreu muito.

Talvez não houvesse ninguém que tivesse aceitado o convite para o jantar sem um pouco de curiosidade a respeito do pequeno lorde Fauntleroy, imaginando se ele iria aparecer.

E, quando chegou a hora, ele apareceu.

– O menino é bem-educado – disse o conde. – Não vai atrapalhar ninguém. Em geral, as crianças são idiotas ou chatas... As minhas eram as duas coisas, mas ele sabe responder quando lhe dirigem a palavra e ficar calado quando precisa. E nunca é malcriado.

Entretanto, Cedric não precisou ficar calado por muito tempo. Todos tinham algo a lhe dizer. Na verdade, queriam fazê-lo falar. As damas o mimavam e faziam perguntas, e os homens também faziam perguntas e brincavam com ele do mesmo modo como os marinheiros quando ele cruzou o Atlântico.

Fauntleroy não entendia por que às vezes riam tanto com as suas respostas, mas estava tão acostumado a ver as pessoas se divertindo quando ele estava sério que já não ligava. Achou que a noite foi muito agradável do início ao fim.

As salas magníficas estavam feericamente iluminadas, havia tantas flores, os cavalheiros eram tão bem-humorados, e as damas, tão bonitas com seus vestidos maravilhosos e enfeites brilhantes nos cabelos e no pescoço.

Havia uma jovem dama que Fauntleroy ouviu dizer que tinha acabado de chegar de Londres onde foi passar a "temporada", e era tão encantadora que o menino não tirava os olhos dela. Era bem alta com uma cabecinha orgulhosa e lindos cabelos negros e macios, e grandes olhos cor de violeta como amores-perfeitos; a cor de suas faces e lábios lembrava rosas. Usava um lindo vestido branco e trazia pérolas em volta do pescoço. Havia uma coisa estranha a respeito da jovem, porque tantos cavalheiros se aproximavam dela, loucos para agradar-lhe, que Fauntleroy concluiu que devia ser uma espécie de princesa. Estava tão interessado na moça que sem perceber foi se aproximando, aproximando, e por fim ela se voltou e falou com ele:

– Venha cá, lorde Fauntleroy – disse sorrindo –, e me diga por que olha tanto para mim.

– Estava pensando como a senhora é bonita – respondeu o jovem lorde.

Então todos os cavalheiros caíram na gargalhada, e a jovem riu um pouco também, acentuando o cor-de-rosa das faces.

– Ah, Fauntleroy – disse um dos cavalheiros que mais tinha rido –, aproveite esse tempo ao máximo! Quando ficar mais velho, não terá coragem de dizer essas coisas.

– Mas ninguém consegue se calar – retrucou Fauntleroy com amabilidade. – O senhor consegue? Não ACHA também que ela é bonita?

– Nós, adultos, não temos permissão de dizer tudo o que pensamos – disse o cavalheiro, enquanto os outros riam mais ainda.

Contudo, a linda dama – seu nome era senhorita Vivian Herbert – estendeu a mão e puxou Cedric para o seu lado, parecendo mais bonita ainda, se é que isso era possível.

– Que lorde Fauntleroy diga o que pensa – ela disse –, e eu agradeço muito. Tenho certeza de que é sincero. – E deu-lhe um beijo no rosto.

– Acho que a senhorita é mais bonita do que qualquer moça que já vi – disse Fauntleroy, fitando-a com olhos inocentes de admiração. – Com exceção de Querida, minha mãe. É claro que ninguém é TÃO bonita quanto Querida. Acho que ela é a pessoa mais bonita no mundo.

– Tenho certeza de que sim – concordou a senhorita Vivian Herbert, e o beijou de novo no rosto.

Ela manteve Cedric ao seu lado durante grande parte da noite, e os dois foram o centro do grupo animado que os rodeava. O pequeno lorde não soube como isso aconteceu, mas em breve estava contando para todos sobre a América e o comício republicano, o senhor Hobbs e Dick, e, no final, com muito orgulho, retirou do bolso o presente de despedida que Dick lhe dera... O lenço de seda vermelha.

– Coloquei no bolso hoje à noite porque é uma festa – explicou. – Achei que Dick gostaria que usasse em uma festa.

E, por mais espalhafatoso que fosse o grande, brilhante e rebuscado lenço, havia uma expressão séria e afetuosa nos olhos de Cedric que impediu que os outros rissem muito.

– Sabem, gosto do lenço porque foi Dick quem me deu – ele explicou.

Mas, como o conde havia dito, embora falando tanto, Cedric nunca era inconveniente. Sabia ficar calado e ouvir quando os outros falavam, e por isso ninguém o julgava uma criança cansativa. Um leve sorriso pairou em mais de um rosto quando por várias vezes ele ia se postar perto da poltrona do avô ou sentar-se em um banquinho perto dele, olhando para o velho e bebendo suas palavras com grande e adorável interesse.

Uma vez ficou tão perto da poltrona que sua face tocou o ombro do conde, que, percebendo o sorriso de todos, sorriu um pouco também. Sabia o que a plateia estava pensando e se sentia secretamente feliz por notarem como era amigo do menino que tinha uma opinião tão boa a seu respeito.

O senhor Havisham era esperado à tarde, entretanto, por estranho que parecesse, ele se atrasou. Isso nunca havia acontecido durante todos os anos em que fora convidado a ir ao Castelo Dorincourt. O advogado estava tão atrasado que os convidados já iam para a sala de jantar quando ele chegou. Aproximou-se do conde, que o fitou com surpresa. O senhor Havisham parecia ofegante e agitado, com o rosto severo e inteligente muito pálido.

– Fui detido por… um acontecimento extraordinário – disse ao conde em voz baixa.

Era tão estranho o velho advogado ficar agitado com alguma coisa como chegar atrasado, porém estava claro que o homem tinha sofrido um choque. Mal comeu durante o jantar, e por duas ou três vezes, quando lhe dirigiram a palavra, ele aparentou estar com os pensamentos longe. Na hora da sobremesa, quando Fauntleroy entrou na sala, o advogado o fitou mais de uma vez com ar constrangido e nervoso. Fauntleroy notou esses olhares e estranhou. Ele e o senhor Havisham se davam muito bem, e em geral sorriam um para o outro. Mas nessa noite o advogado parecia ter-se esquecido de sorrir.

Na verdade, o senhor Havisham tinha se esquecido de tudo, a não ser das notícias estranhas e dolorosas que precisava comunicar ao conde antes de a noite terminar… As notícias tão terríveis que seriam um tremendo choque e mudariam tudo.

Enquanto percorria os olhos pelos cômodos magníficos e pela companhia da elite, que mais do que tudo desejava observar o garotinho loiro perto da poltrona do conde e se aproximar dele, enquanto fitava o velho orgulhoso e o pequeno lorde Fauntleroy sorrindo ao lado, por mais que o senhor Havisham fosse um advogado rígido, ele estava muito abalado. Que golpe iria ser para eles!

O senhor Havisham não soube como terminou o longo e maravilhoso jantar. Ficou lá sentado como em um sonho, e por várias vezes observou o conde, que o fitava com espanto.

Mas por fim o jantar terminou, e os cavalheiros foram juntar-se às damas na sala de visitas. Encontraram Fauntleroy sentado no sofá com a senhorita Vivian Herbert – a grande beldade da última temporada londrina. Os dois admiravam algumas pinturas, e o menino falava com sua companheira quando a porta se abriu e os cavalheiros entraram.

– Muito obrigado por serem tão gentis comigo! – disse Fauntleroy. – Nunca estive em uma festa antes e me diverti muito!

Tinha se divertido tanto que, quando os cavalheiros se reuniram em torno da senhorita Herbert de novo e começaram a conversar com ela, Cedric ia ouvindo e tentando entender as piadas e risadas, mas suas pálpebras ameaçaram se fechar.

Ele piscou diversas vezes, e então a risada baixa e graciosa da senhorita Herbert o fazia abrir os olhos de novo por alguns segundos. Cedric tinha certeza de que não ia dormir, mas havia uma grande almofada de cetim amarelo às suas costas, e sua cabeça repousou ali, e por fim suas pálpebras se fecharam pela última vez naquela noite. Não as abriu nem quando alguém o beijou de leve no rosto muito tempo depois. Era a senhorita Vivian Herbert que estava indo embora e que lhe falou com suavidade:

– Boa noite, pequeno lorde Fauntleroy. Durma bem.

E pela manhã não se lembrava de que desejara abrir os olhos e murmurara sonolento:

– Boa noite... Estou... tão contente... de ter conhecido você... É tão bonita...

Só tinha uma leve lembrança de ouvir os cavalheiros rindo de novo e imaginar por que riam.

Assim que o último convidado deixou a sala, o senhor Havisham saiu de perto da lareira e se aproximou do sofá onde ficou olhando para o menino adormecido. O pequeno lorde Fauntleroy dormia tranquilamente. Uma perna estava sobre a outra, que pendia para fora do sofá; um braço estava por cima de sua cabeça, e seu rosto sereno de criança adormecida estava rosado de saúde e felicidade. Os cabelos loiros se misturavam ao amarelo da almofada. Era um quadro digno de ser olhado.

Enquanto o fitava, o senhor Havisham ergueu a mão e coçou o queixo com uma expressão aborrecida.

– Muito bem, Havisham – disse a voz áspera do conde às suas costas. – O que houve? É evidente que alguma coisa aconteceu. Qual foi o evento extraordinário, pode me contar?

O senhor Havisham voltou-se do sofá ainda coçando o queixo.

– São péssimas notícias – respondeu. – Notícias perturbadoras, milorde. As piores. Lamento ser o mensageiro delas.

Durante a noite, o conde se sentira desconfortável algumas vezes sempre que olhava na direção do advogado, e, quando se sentia desconfortável, sempre ficava irritado também.

– Por que olha tanto para o menino?! – exclamou, exacerbado. – Olhou para ele a noite toda como se... Havisham, por que olha fixo para o meu neto como uma ave de mau agouro? O que suas notícias têm a ver com lorde Fauntleroy?

– Milorde – disse o senhor Havisham –, não vou perder tempo com delongas. Minhas notícias têm tudo a ver com lorde Fauntleroy. E, se forem verdadeiras, não é lorde Fauntleroy quem está aqui dormindo na nossa frente, mas apenas o filho do capitão Errol. Porque o atual e legítimo lorde Fauntleroy é o filho de Bevis, e no momento ele está em uma pensão em Londres.

O conde apertou os braços da poltrona com ambas as mãos até que as veias incharam, e o mesmo aconteceu com as veias da frente, enquanto seu rosto idoso e feroz empalidecia.

– O que quer dizer? – gritou. – Está louco! Que mentira é essa?

– Se é mentira – respondeu o senhor Havisham –, parece uma dolorosa verdade. Uma mulher me procurou nesta manhã. Disse que seu filho Bevis se casou com ela há seis anos em Londres. Mostrou-me a certidão de casamento. Os dois brigaram um ano depois de casados, e Bevis pagou à mulher para que fosse embora. Ela tem um filho de cinco anos. É uma americana de classe muito baixa... Uma ignorante... que até pouco tempo atrás não entendia direito o que seu filho poderia reivindicar. Consultou um advogado e descobriu que o menino era de fato lorde Fauntleroy e herdeiro do título de conde de Dorincourt. É claro que agora insiste que a reivindicação de seu filho seja aceita.

A cabeça loira se mexeu sobre a almofada de cetim. Um longo suspiro sonolento e suave escapou dos lábios entreabertos, e o garotinho se espreguiçou, mas sem parecer agitado ou perturbado. Seu sono não havia sido incomodado pelo fato de estar sendo chamado de pequeno impostor. Não era lorde Fauntleroy e jamais seria o conde de Dorincourt. Apenas virou o rosto rosado um pouco mais de lado, como se desejando que o velho que o fitava severamente o visse melhor.

E o rosto idoso e belo do conde parecia fantasmagórico. Um sorriso amargo se estampou ali.

– Deveria descartar cada palavra que ouvi agora – disse –, mas, em se tratando de meu filho Bevis, qualquer assunto sórdido e canalha se torna possível. É bem típico de Bevis. Sempre foi uma desgraça para a família. Sempre um jovem bruto, fraco, hipócrita e de mau gosto... Meu filho e herdeiro Bevis, lorde Fauntleroy. O senhor diz que a tal mulher é uma criatura ignorante e vulgar?

– Lamento dizer que mal sabe soletrar o próprio nome – respondeu o advogado. – É totalmente sem educação e claramente uma mercenária. Só pensa no dinheiro. É muito bonita de um jeito abrutalhado, mas...

O velho e meticuloso advogado parou de falar e deu de ombros.

As veias na testa do velho conde pareciam cordas vermelhas.

E ali também se via outra coisa: gotas de suor frio. Ele pegou o lenço e limpou a fronte. Seu sorriso ficou ainda mais amargo.

– E eu – disse – fiz objeção a outra mulher, a mãe desta criança – apontou para a figura adormecida no sofá. – Recusei-me a recebê-la. Entretanto, ela sabe soletrar o próprio nome. Creio que estou sendo castigado.

Levantou-se de súbito da poltrona e começou a caminhar de um lado para o outro. Palavras terríveis irrompiam de seus lábios. Raiva, ódio e uma cruel frustração o faziam estremecer como uma árvore em meio à tempestade. Sua violência era algo amedrontador de ver, entretanto o senhor Havisham notou que, mesmo no auge da fúria, o conde parecia não esquecer a figurinha adormecida sobre a almofada de cetim amarelo, e em nenhum momento falou alto, para não acordar Cedric.

– Deveria ter sabido – disse. – Aqueles dois filhos foram uma desgraça para mim desde a primeira hora de vida! Odiava os dois, e eles me odiavam! Bevis era o pior. Entretanto, ainda não vou acreditar nisso! Vou contestar essa história até o fim. Mas é bem típico de Bevis... Muito típico!

Então voltou a praguejar e fez perguntas sobre a mulher, quais provas ela havia apresentado, enquanto continuava a caminhar pela sala de um lado para o outro, primeiro ficando branco como um lençol, depois muito vermelho com sua raiva reprimida.

Quando, por fim, o conde soube tudo que precisava saber e se inteirou do pior, o senhor Havisham o encarou com ansiedade. O velho parecia arrasado, mudado e acabado. Seus acessos de raiva sempre haviam lhe feito mal, mas esse tinha sido o pior, porque havia algo mais do que raiva.

Aproximou-se de novo do sofá bem devagar e ficou ali.

– Se alguém tivesse me dito que eu teria afeto por uma criança um dia – disse ele, a voz áspera muito baixa e trêmula –, não iria acreditar. Sempre detestei crianças, as minhas mais do que as outras. Porém gosto deste menino, e ele gosta de mim. – Sorriu com amargura. – Nunca fui popular e sei disso. Mas ele gosta de mim. Teria desempenhado meu papel melhor do que eu mesmo. Sei disso. Ele honraria o nome da família.

Inclinou-se para a frente e por um momento fitou o rosto adormecido e feliz. Suas sobrancelhas estavam muito juntas, porém de alguma forma nesse instante não parecia violento. Ergueu a mão e afastou os cabelos de Cedric para trás da testa, depois se voltou e tocou a sineta.

Quando o grande lacaio surgiu, o conde apontou para o sofá.

– Leve – disse, e então sua voz fraquejou um pouco. – Leve lorde Fauntleroy para o quarto dele.

11

Quando o jovem amigo do senhor Hobbs o deixou para ir morar no Castelo Dorincourt e se tornar lorde Fauntleroy, o vendeiro teve tempo de refletir que o Oceano Atlântico se interpunha entre eles. Seu companheirinho e ele haviam passado tantas horas agradáveis um ao lado do outro que isso o fez se sentir muito sozinho. A verdade era que o senhor Hobbs não era um homem sábio nem mesmo muito inteligente; era uma pessoa um tanto lenta e pesadona e jamais havia feito muitas amizades. Não tinha muita vivacidade mental para saber como se divertir, e na verdade nunca fizera nada para se entreter, a não ser ler o jornal e fazer suas contas. Também não era muito fácil para ele somar, e às vezes demorava muito para chegar a um resultado correto. Nos velhos tempos, o pequeno lorde Fauntleroy, que tinha aprendido a somar muito bem nos dedos, com a lousa e o lápis, chegou a ajudar o senhor Hobbs.

Além disso, era um excelente ouvinte e tinha muito interesse nas notícias dos jornais. Ele e o senhor Hobbs haviam mantido longas conversas sobre a Revolução Americana, os britânicos, as eleições e o

Partido Republicano. Não era de admirar que a partida de Cedric tivesse deixado um vazio na mercearia.

De início, parecia ao senhor Hobbs que Cedric não estava muito longe e voltaria logo. Pensava que um dia ergueria os olhos do jornal e veria o garotinho de pé na soleira da porta com suas roupas brancas e meias vermelhas e o chapéu de palha atirado para trás da cabeça, e o ouviria dizer com sua vozinha animada: "Olá, senhor Hobbs! Dia quente, não é?". Porém, à medida que os dias iam passando e isso não acontecia, o senhor Hobbs ia se sentindo sem energia e desconfortável. Já nem apreciava tanto a leitura do jornal como antes.

Colocava o jornal sobre os joelhos depois de ler e ficava sentado fitando o banquinho alto por muito tempo. Havia algumas marcas nas longas pernas de madeira que o faziam se sentir muito deprimido e mais melancólico ainda. Eram as marcas produzidas pelos calcanhares do futuro conde de Dorincourt quando chutava e falava ao mesmo tempo. Parecia que até jovens condes chutavam as pernas dos móveis em que se sentavam. Sangue nobre e alta linhagem não impediam isso.

Depois de ficar contemplando aquelas marcas, o senhor Hobbs tirava o relógio de ouro do bolso, abria e lia a inscrição. "Do seu velho amigo, lorde Fauntleroy, para o senhor Hobbs. Quando olhar para isto, lembre-se de mim." Após olhar por algum tempo o presente, o vendeiro fechava a tampa fazendo barulho, suspirava e ia ficar de pé na soleira da porta, entre a caixa de batatas e o barril de maçãs, e olhava para a rua.

À noite, quando a loja estava fechada, ele acendia o cachimbo e caminhava lentamente pela calçada até chegar à casa onde Cedric havia morado e onde se via agora uma placa de "Aluga-se". E o senhor Hobbs parava ali perto, olhava e balançava a cabeça, dando uma baforada no cachimbo com força para pouco depois, melancólico, voltar à sua casa.

Isso aconteceu por duas ou três semanas, aí teve uma nova ideia. Lento de raciocínio e ponderado, levava muito tempo para ter ideias. Ele não gostava de novas ideias, preferia as antigas. Entretanto, após duas ou três semanas, quando, em vez de melhorar, as coisas na verdade estavam piorando, um novo plano começou a surgir em sua mente, devagar e constantemente. Iria ver Dick. Fumou muito seu cachimbo antes de chegar a essa conclusão, mas por fim resolveu: ia ver Dick. Sabia tudo sobre ele. Cedric lhe havia contado, e sua ideia era que talvez Dick lhe desse um pouco de conforto enquanto conversassem a respeito do amigo comum.

Então certo dia, quando Dick estava mergulhado no trabalho engraxando as botas de um freguês, um homem baixo e corpulento, com um rosto carregado e careca, parou na calçada e olhou por alguns segundos para a placa do engraxate, onde se lia:

O PROFESSOR DICK TIPTON NÃO PODE SER DERROTADO

Olhou por tanto tempo que chamou a atenção de Dick, e, quando deu o toque final nas botas do freguês, o engraxate perguntou ao estranho:

– Quer dar um brilho, senhor?

O homem corpulento se adiantou e colocou o pé no apoiador.

– Sim – respondeu.

Então, quando Dick começou a trabalhar, o homenzinho corpulento ficou olhando do engraxate para a placa, e vice-versa.

– Onde conseguiu isso? – quis saber.

– Foi um amigo que me deu. Um garotinho – disse Dick. – E me deu um equipamento de engraxate. Foi o melhor garotinho que já conheci. Está na Inglaterra agora. Foi se tornar um lorde.

– Lorde... lorde – prosseguiu o senhor Hobbs muito devagar. – Lorde Fauntleroy, que vai se tornar conde Dorincourt?

Dick quase deixou a escova cair.

– Ora, patrão! – exclamou. – Conhece o menino?

– Conheci – respondeu o senhor Hobbs, enxugando a testa quente.

– Desde que ele nasceu. Éramos amigos de longa data... Era isso que ÉRAMOS.

Ficava muito nervoso ao falar do assunto. Retirou o magnífico relógio de ouro do bolso e o abriu, mostrando a parte de dentro para Dick. Leu: "Quando olhar para isto, lembre-se de mim".

– Foi seu presente de despedida. "Não quero que se esqueça de mim." Foi o que disse balançando a cabeça. Se não tivesse me dado esta lembrança, nada teria dele. O melhor amigo que QUALQUER homem poderia ter.

– O melhor garotinho que já conheci – disse Dick. – Quanto à personalidade, nunca vi um garotinho com mais personalidade que ele. Achava Cedric o máximo, e ele era meu amigo também. Fomos ligados desde o início, aquele garoto e eu. Peguei uma bola para ele debaixo de um estrado certa vez, e ele nunca se esqueceu disso. E vinha até aqui com a mãe dele ou a babá e gritava "Olá, Dick!", com uma pose amigável de um homem de um metro e oitenta de altura, quando, na verdade, tinha a altura de um gafanhoto e se vestia como um bebê. Era um sujeitinho feliz e, quando eu me sentia deprimido e sem sorte, era bom conversar com ele.

– É verdade – concordou o senhor Hobbs. – Foi uma pena o transformarem em um conde. Teria BRILHADO no ramo das mercearias... Ou secos e molhados também. Ele teria BRILHADO! – E balançou a cabeça com mais tristeza do que nunca.

No final das contas, o senhor Hobbs e Dick tinham tanto a dizer um ao outro que não foi possível falar tudo no mesmo dia, então combinaram que, na noite seguinte, Dick faria uma visita à loja para conversarem. O convite agradou muito ao engraxate.

Dick foi uma criança abandonada nas ruas, porém nunca havia sido um mau menino e sempre almejou em segredo uma existência mais digna. Desde que havia se estabelecido com seu negócio, conseguiu dinheiro suficiente para ter um teto sobre sua cabeça em vez de dormir nas ruas e começou a pensar que poderia alcançar uma situação ainda melhor no tempo certo.

Então ser convidado por um homem robusto e respeitável que tinha uma loja de esquina e até uma carroça com cavalo próprio lhe pareceu um acontecimento e tanto.

– Sabe alguma coisa sobre condes e castelos? – perguntou o senhor Hobbs. – Gostaria de conhecer mais sobre essa gente.

– Li uma história sobre alguns deles na *Penny Story Gazette* – disse Dick. – O título era *"Crime do Diadema ou A Vingança da Condesssa May"*. É uma leitura para gente importante. Alguns de meus amigos leram também.

– Traga quando vier me visitar – disse o senhor Hobbs – e pagarei pelo jornal. Traga tudo o que encontrar sobre condes. Se não forem histórias sobre condes, também servem sobre marqueses ou duques... Embora ELE nunca tenha mencionado marqueses ou duques. Conversamos um pouco sobre diademas, mas nunca vi nenhum. Acho que não há muitos diademas por aí.

– A joalheria Tiffany's com certeza deve ter, mas não sei se reconheceria um caso visse – disse Dick.

O senhor Hobbs não confessou que também não saberia reconhecer. Apenas balançou a cabeça pensativamente.

– Acho que não são muito procurados – comentou, e isso encerrou o assunto.

Aquele foi o início de uma sólida amizade. Quando Dick foi até a loja, o senhor Hobbs o recebeu com muita hospitalidade. Ofereceu uma cadeira encostada à porta ao lado de um barril de maçãs, e depois que o jovem visitante se sentou, fez um gesto amplo com a mão que segurava o cachimbo.

– Sirva-se.

Então o senhor Hobbs deu uma olhada no jornal que havia publicado a história dos condes, e depois leram e discutiram sobre a aristocracia inglesa, e o vendeiro fumou seu cachimbo aspirando com força, balançando a cabeça várias vezes. Fazia isso quando olhava para o banco alto com as marcas nas pernas de madeira.

– Aquelas marcas são dos chutes que ele dava – disse com reverência. – Os chutes dele. Toda hora me sento e olho para as marcas. Este mundo é cheio de altos e baixos. Pois não era um menino que se sentava ali, comia bolachas de uma caixa, maçãs do barril e lançava as sementes na rua? Agora é um lorde e mora em um castelo. Aquelas marcas de chutes são de um lorde, e um dia serão marcas de um conde. Às vezes digo para mim mesmo: "macacos me mordam!".

O senhor Hobbs parecia confortar-se muito com suas divagações e com a visita de Dick. Antes que Dick fosse embora, jantaram no quartinho dos fundos; bolachas, queijo, sardinha e outras coisas enlatadas da loja. Com cerimônia, o senhor Hobbs abriu duas garrafas de água tônica e, enchendo dois copos, propôs um brinde:

– A ELE! – exclamou erguendo o copo. – E que possa lhes ensinar uma lição... Aos condes e marqueses e duques e toda a cambada!

Depois daquela noite, Hobbs e Dick se encontravam sempre, e o vendeiro se sentia muito mais confortado e menos desolado. Liam a *Penny Story Gazette* e muitas outras publicações interessantes, acabando por adquirir certo conhecimento sobre os hábitos da alta e da pequena nobreza. Os aristocratas teriam se surpreendido se soubessem da existência dos dois.

Certo dia, o senhor Hobbs fez uma incursão a uma livraria no centro da cidade com o propósito expresso de enriquecer sua biblioteca. Foi até o vendedor e se inclinou sobre o balcão para falar com ele:

– Quero um livro sobre condes.

– O quê? – exclamou o vendedor.

– Um livro – repetiu o vendeiro – sobre condes.

– Lamento – disse o vendedor com um olhar desconfiado –, mas não temos o que procura.

– Não têm? – disse o senhor Hobbs com ansiedade. – Então, digamos, sobre marqueses... ou duques.

– Não tenho conhecimento se existe tal livro – respondeu o vendedor.

O senhor Hobbs ficou muito desapontado. Fitou ou chão e depois ergueu os olhos.

– Nada sobre condessas? – insistiu.

– Creio que não – respondeu o vendedor com um sorriso.

– Macacos me mordam! – exclamou o senhor Hobbs.

Estava saindo da livraria quando o vendedor o chamou de volta e perguntou se serviria uma história na qual as pessoas da nobreza eram os principais personagens. O senhor Hobbs disse que servia, já que não podia encontrar um livro inteiro dedicado aos condes. Então o rapaz lhe vendeu um volume chamado *A Torre de Londres*, escrito pelo senhor Harrison Ainsworth, e lá se foi o senhor Hobbs com sua compra para casa.

Quando Dick chegou naquela noite, os dois começaram a ler. Era um livro maravilhoso e empolgante, e o cenário era o reinado da famosa rainha inglesa chamada por alguns de Mary, a Sanguinária. E, quando o senhor Hobbs se inteirou dos feitos da rainha Mary e do hábito que tinha de cortar a cabeça das pessoas, torturá-las e queimá-las vivas, ficou muito empolgado também. Tirou o cachimbo da boca e fitou Dick. Por fim, precisou enxugar o suor da testa com seu lenço vermelho de bolso, porque estava nervoso.

– Céus, ele não está a salvo! – exclamou. – Não está! Se mulheres podem se sentar em tronos e mandar fazer essas coisas, quem sabe o que está acontecendo com ele neste exato momento? Ele não está seguro na Inglaterra! Se uma mulher como essa tal rainha Mary fica furiosa, ninguém está a salvo!

– Tudo bem – disse Dick, embora também estivesse bastante ansioso. – Não é a tal rainha quem manda nas coisas agora. Sei que a rainha atual se chama Vitória, e essa do livro era Mary.

– Está certo – disse o senhor Hobbs, ainda enxugando a testa. – Está certo. E os jornais não falam atualmente de torturas, unhas arrancadas ou morte na fogueira, mas ainda não acho que seja seguro para ele viver na Inglaterra com aquela gente esquisita. Ouvi até dizer que não comemoram o Quatro de Julho!

Durante vários dias, o senhor Hobbs ficou preocupado. E só se acalmou quando recebeu a carta de Fauntleroy e a leu diversas vezes para si mesmo e para Dick, e leu também a carta que Dick recebera.

Os dois ficaram muito felizes com suas cartas. Liam e reliam, e comentavam, divertindo-se com cada palavra nelas. E passaram dias escrevendo suas respostas a Cedric para depois ler e reler tanto quanto as cartas que haviam recebido.

Dick teve muito trabalho para escrever a sua carta. Tudo o que sabia sobre ler e escrever aprendera nos poucos meses em que havia morado com o irmão mais velho e frequentado uma escola noturna; porém, sendo um rapaz inteligente, tinha tirado o maior proveito dessa breve educação que recebera, e desde então lia os jornais soletrando e praticava sua escrita com pedaços de giz nas calçadas, nos muros ou nas cercas. Contou tudo sobre sua vida ao senhor Hobbs e sobre seu irmão mais velho, que tinha sido muito bom para ele depois que a mãe morreu, quando Dick ainda era muito pequeno. Seu pai morrera tempos atrás. O nome de seu irmão era Ben, e ele havia tomado conta de Dick da melhor maneira possível, até Dick ter idade suficiente para vender jornais e ser mensageiro. Os dois moravam juntos e, enquanto Ben crescia, ia se arrumando até que conseguiu uma colocação bastante decente em uma loja.

– E então – exclamara Dick, aborrecido – ele resolveu se casar! Ficou apaixonado e perdeu o juízo! Casou e foi viver em dois cômodos dos fundos. A moça era grandona... Uma tigresa. Arrebentava tudo quando ficava zangada, e ficava zangada o tempo TODO. Tiveram um bebê igual a ela. Ele berrava dia e noite! E eu tinha que tomar conta dele! Quando o bebê berrava, ela atirava coisas em mim. Certo dia, ela me jogou um prato e atingiu o bebê. Cortou o queixo dele. O médico disse que ele ficaria marcado para toda a vida. Bela mãe ela era! Maluca! Mas nós nos divertíamos... Ben, eu e o garotinho. A mulher ficava louca com Ben por não ganhar mais dinheiro depressa; então, por fim, Ben foi para o Oeste com um sócio, para conseguir um rancho de gado. Ele mal tinha partido havia uma semana quando uma noite voltei para casa depois de vender jornais e os quartos estavam vazios e trancados. A locatária disse que Minna, a mulher do meu irmão, tinha ido embora, às pressas. Outra pessoa disse que ela foi por mar para trabalhar com uma senhora que também tinha um bebê. Nunca mais soube nada sobre ela. E Ben, também não. Se eu fosse ele, não me preocuparia nem um pouco, e acho que ele não se preocupou, a não ser pelo menino que ela levou. Porém, no início, ele pensava muito nela. Digo que era apaixonado pela maluca. Minna era uma garota bonita quando estava bem-vestida e não tinha seus acessos de loucura. Tinha grandes olhos negros e cabelos também negros até os joelhos; costumava fazer uma trança grossa como um braço e enrolava várias vezes em volta da cabeça. Os olhos dela pareciam brasas! Diziam que era em parte italiana, que o pai ou a mãe tinha vindo da Itália e que ela era estranha por causa disso. Garanto que tinha sangue italiano mesmo!

Dick contava muitas histórias sobre Minna e seu irmão Ben, que, desde que tinha ido para o Oeste, escrevera duas vezes.

Ben não teve muita sorte e vagou de um lado para o outro. Por fim, ele se estabeleceu em um rancho na Califórnia, onde trabalhava na época em que Dick fez amizade com o senhor Hobbs.

– Aquela moça, Minna – disse Dick um dia –, tirou toda a garra do meu irmão. Às vezes eu sentia pena dele.

Dick e o senhor Hobbs estavam sentados à porta da loja, e o dono da mercearia enchia seu cachimbo.

– Ele não deveria ter se casado – disse para Dick com seriedade enquanto se levantava para pegar um fósforo. – Mulheres... Nunca vi nada de bom nelas.

Ao tirar um fósforo da caixa, olhou para o balcão.

– Ora! Uma carta! – exclamou. – Não tinha visto. O carteiro deve ter deixado aqui quando eu estava ocupado ou foi o jornal que a cobriu.

Pegou o envelope e leu com cuidado.

– É DELE! – gritou. – Dele sem dúvida!

Esqueceu-se do cachimbo. Muito empolgado, na mesma hora voltou para sua cadeira, pegou sua faquinha de bolso e abriu o envelope.

– Fico imaginando que novidades nos contará desta vez – disse.

Desdobrou a carta e leu:

CASTELO DE DORINCOURT. Meu caro senhor Hobbs.

Escrevo com muita pressa porque tenho algo "curiós" para lhe contar sei que vai ficar muito surpreso meu caro amigo quando eu contar. Foi tudo um engano e não sou um lorde e não terei que ser um conde existe uma senhora que foi casada com meu tio bevis que morreu e ela tem um garotinho e ele é lorde fauntleroy porque as coisas são assim na Inglaterra o filhinho do filho mais velho dos condes é o conde se todo mundo já morreu quero dizer se seu pai e seu avô morreram meu pai morreu mas meu avô não mas meu tio bevis morreu então o filho pequeno dele é lorde Fauntleroy e eu não sou porque meu pai era o caçula e meu nome é Cedric Errol do jeito que era em Nova York e todas as coisas serão para o outro menino de início pensei que teria que lhe dar meu pônei e a carruagem mas meu avô diz que não preciso dar meu avô está muito triste e acho que não gosta da tal senhora mas talvez pense que querida e eu estamos tristes porque não serei conde gostaria de ser conde agora mais do que antes porque este castelo é lindo e gosto de todos aqui e quando você é rico pode fazer tanta coisa agora não sou rico porque quando seu pai é apenas o caçula ele não é muito rico vou aprender um ofício para poder tomar conta de querida andei perguntando a Wilkins sobre cuidar de cavalos talvez me torne um empregado do estábulo ou um cocheiro. A senhora trouxe seu filho para o castelo e meu avô e o senhor Havisham conversaram com ela acho que ela estava zangada falou alto e meu avô ficou zangado também nunca tinha visto ele zangado e gostaria que não tivessem ficado todos zangados achei que deveria contar para o senhor e Dick logo porque ficariam "intressados" então é só isso por enquanto com minha afeição

Seu velho amigo

CEDRIC ERROL *(não lorde Fauntleroy)*

O senhor Hobbs se recostou na cadeira, a carta caída sobre o joelho, enquanto o abridor de cartas e o envelope escorregavam para o chão.

– Macacos me morderam! – exclamou.

Estava tão entorpecido que até mudou sua exclamação; sempre foi seu hábito dizer "macacos me MORDAM", mas dessa vez disse "macacos me MORDERAM". E talvez tivesse sido MORDIDO mesmo. Não há como saber.

– Então – disse Dick – a coisa toda melou, é?

– Melou! – respondeu o senhor Hobbs. – Na minha opinião, é um embuste dos aristocratas britânicos que lhe tiraram seus direitos porque ele é americano. Eles têm uma birra conosco desde a Revolução, de modo que estão tirando os direitos dele. Disse a você que ele não estava a salvo. E veja o que aconteceu! Goste ou não, o governo inteiro se uniu para lhe roubar o que lhe é de direito.

Estava muito agitado. De início, não tinha aprovado a mudança na vida do jovem amigo, mas nos últimos tempos já se conformava um pouco. E, talvez, depois de receber a primeira carta de Cedric, quem sabe sentira um secreto orgulho pela nova posição do jovem amigo. Podia não ter uma boa opinião dos condes, mas sabia que mesmo na América o dinheiro era considerado uma coisa muito boa, e, se toda a fortuna seria tirada de Cedric junto com o título de nobreza, a perda era muito dura.

– Estão tentando roubar o menino! – disse o senhor Hobbs. – É isso que estão fazendo, e os que têm dinheiro lá deveriam cuidar dele.

Dick e o senhor Hobbs ficaram juntos até altas horas para conversar a respeito, e, quando o engraxate foi embora, o senhor Hobbs o acompanhou até a esquina e no caminho de volta parou do lado oposto da casa vazia por algum tempo, olhando para a placa de "Aluga-se" e fumando seu cachimbo com a mente muito perturbada.

12

Alguns dias após o jantar no castelo, quase todos na Inglaterra que liam os jornais haviam tomado conhecimento da romântica história em Dorincourt. E era uma história muito interessante quando contada com todos os detalhes. Havia o garotinho americano que tinha sido trazido à Inglaterra para ser lorde Fauntleroy e que era considerado tão bom e bonito que já possuía um séquito de admiradores; havia o velho conde, seu avô, tão orgulhoso de seu herdeiro; e a jovem mãe do menino, que não foi perdoada por ter-se casado com o capitão Errol; e, por fim, havia o suposto casamento de Bevis, o falecido lorde Fauntleroy, e sua estranha esposa, da qual nada se sabia e que de repente tinha aparecido com um filho, alegando que ele era o legítimo lorde Fauntleroy e precisava ter seus direitos garantidos.

Tudo isso era escrito e comentado, causando uma tremenda sensação. E então surgiu o rumor de que o conde de Dorincourt não estava feliz com a reviravolta nos fatos, pretendia contestar a reivindicação, e o assunto acabaria com um eletrizante julgamento no tribunal.

O PEQUENO LORDE

Jamais tinha existido empolgação maior no condado onde se situava Erleboro. Nos dias de mercado, as pessoas se reuniam em grupos, discutiam os últimos acontecimentos e imaginavam o que viria a seguir; as esposas dos fazendeiros convidavam umas às outras para o chá, a fim de poderem contar entre si tudo o que haviam ouvido, tudo o que pensavam e o que achavam que os outros pensavam também.

Contavam anedotas hilárias sobre a fúria do velho conde que estava determinado a ignorar o novo lorde Fauntleroy, e sobre seu ódio contra a mulher que era mãe do reclamante. Entretanto, é claro, quem tinha mais a contar era a senhora Dibble, mais procurada do que nunca por todos.

– E as previsões são sombrias – dizia ela. – E, se quer saber minha opinião, senhora, digo que é um castigo para o conde por causa da maneira como tratou aquela jovem e meiga criatura quando a afastou da criança. Porque o velho adora o menino, só pensa nele, tem orgulho dele, e quase ficou louco com o que aconteceu. E, para piorar, essa nova mãe que apareceu não é nenhuma dama como é a mãe do pequeno lorde. É uma criatura de rosto atrevido, olhos negros, e, como diz o senhor Thomas, nenhum cavalheiro usando uniforme se rebaixaria a receber ordens dela. Se ela vier a morar no castelo, disse o senhor Thomas, ele pedirá demissão. E o garoto dela em nada se compara com o outro. Só Deus sabe o que vai resultar de tudo isso e como irá terminar. Quase desmaiei quando Jane veio me contar as novidades.

Na verdade, o rebuliço era geral no castelo. Na biblioteca, onde o conde e o senhor Havisham sentavam e conversavam muito; na ala da criadagem, onde o senhor Thomas, o mordomo e os outros criados e criadas mexericavam e soltavam exclamações o dia inteiro; e nos estábulos, onde Wilkins realizava seu trabalho com a mente muito perturbada, escovando o pônei castanho para deixá-lo mais bonito que de costume, dizendo em tom triste ao cocheiro que "nunca havia ensinado um jovem cavaleiro a montar que fosse mais hábil e corajoso do que Cedric. Era um prazer seguir atrás dele quando montava".

Em meio a todo aquele distúrbio, porém, havia uma pessoa que permanecia calma e imperturbável. Essa pessoa era o pequeno lorde Fauntleroy, que, segundo as novidades, não era lorde Fauntleroy. Quando haviam lhe contado pela primeira vez a nova situação, ficara um pouco ansioso e perplexo, é verdade, mas não por causa de ambição.

Enquanto o avô lhe contava o que tinha acontecido, ele se sentou em um banquinho segurando os joelhos, como costumava fazer quando ouvia alguma coisa interessante, e, quando a história terminou, estava bastante sereno.

– Sinto-me muito estranho – comentou. – Sinto-me... estranho!

O conde fitou o menino em silêncio. Também se sentia estranho, mais do que em qualquer ocasião de sua vida. E a sensação foi ainda pior quando viu a expressão preocupada no rostinho em geral tão feliz.

– Vão tirar a casa de Querida... E a carruagem dela? – perguntou Cedric com a voz baixa, trêmula e ansiosa.

– NÃO! – respondeu o conde de modo decidido... Aliás, com voz bem alta. – Não podem tirar nada dela.

– Ah! – exclamou Cedric com evidente alívio. – Não podem?

Então ergueu os olhos para o avô, e havia uma sombra de melancolia nos olhos que se mostravam enormes e meigos.

– O outro menino – disse com a voz trêmula – terá que ser... seu menino agora... como eu fui... não é?

– NÃO! – voltou a exclamar o conde. E falou com voz tão ameaçadora e alta que Cedric quase deu um pulo.

– Não? – repetiu o menino, admirado. – Não vai ser? Pensei...

Levantou-se do banquinho de repente.

– Posso continuar sendo seu menino mesmo que não seja conde? Posso ser como era antes? – E o rostinho corado se encheu de esperança.

Quem assistisse à cena veria como o conde fitou Cedric da cabeça aos pés! Como franziu as sobrancelhas desgrenhadas e como seus olhos brilharam debaixo delas de modo estranho... tão estranho!

– Meu garoto! – disse... e, acreditem ou não, sua voz também estava estranha, quase trêmula, incerta e rouca. Nada do que se esperaria da voz de um conde, embora falasse com mais decisão e vontade do que nunca. – Sim, você será meu menino enquanto eu viver e, por São Jorge, às vezes sinto como se você fosse o único menino que tive.

Cedric ficou vermelho até a raiz dos cabelos porque estava aliviado e contente. Enfiou as mãos no fundo dos bolsos e encarou seu nobre parente.

– Verdade? – disse. – Então pouco me importo com a parte de ser conde. Não ligo se sou conde ou não. Pensei... Sabe? Pensei que aquele que fosse ser o conde teria que ser seu menino também, e... e que não seria eu. Foi isso que me fez sentir estranho.

O conde colocou a mão em seu ombro e o puxou para perto de si.

– Não tirarão nada de você que eu possa manter – afirmou, respirando mais fundo. – Ainda não acredito que possam tirar alguma coisa de você. Porque você nasceu para ser lorde Fauntleroy e... ainda pode ser. Mas, seja lá o que for acontecer, terá tudo que eu possa lhe dar... Tudo!

Não parecia que estava falando com uma criança, tal a determinação em seu rosto e sua voz. Era mais como se estivesse fazendo uma promessa para si mesmo. E talvez fosse isso.

Nunca havia percebido como a afeição orgulhosa por aquele menino tinha se enraizado em seu coração. Nunca percebeu como Cedric era forte, bondoso e belo. O conde era um homem muito obstinado e parecia impossível – mais do que impossível – desistir do que desejava. E estava determinado a não desistir sem antes lutar muito.

Alguns dias depois de ter procurado o senhor Havisham, a mulher que dizia ser *lady* Fauntleroy se apresentou no castelo, trazendo o filho. Foi mandada embora. O lacaio à porta avisou que o conde não iria recebê-la. O advogado da família tomaria conta do seu caso. Foi Thomas quem deu a mensagem, e depois externou sua opinião abertamente na ala dos criados:

– Usei uniforme nas famílias da alta nobreza por muito tempo e reconheço uma dama quando a vejo. Se aquela é uma dama, não entendo nada de mulheres. Aquela que mora em Court Lodge – acrescentou Thomas com arrogância –, americana ou não, é uma dama de verdade que qualquer cavalheiro reconhece só de olhar. E eu disse isso ao Henry, o cocheiro, quando fomos lá pela primeira vez.

A mulher foi embora, e a expressão em seu rosto bonito, mas vulgar chegava a assustar. O senhor Havisham notou, durante sua conversa com ela, que, embora tivesse um temperamento esquentado e maneiras grosseiras e insolentes, não era tão inteligente nem tão corajosa como desejava aparentar. Às vezes parecia deslumbrada pela posição que desejava ocupar. E parecia não ter esperado defrontar-se com tanta oposição.

– É evidente – disse o advogado para a senhora Errol – que não passa de uma pessoa de classe muito baixa. Não tem educação nem traquejo social e não está acostumada a encontrar pessoas como nós, portanto não se sente à vontade. Não sabe o que fazer. A visita ao castelo a acovardou. Estava furiosa, mas amedrontada. O conde não a recebeu, porém eu o aconselhei a procurá-la na pousada Dorincourt Arms, onde ela está hospedada. Quando ela o viu entrar na sala, ficou branca como um fantasma, embora logo tivesse um acesso de raiva, ameaçando e exigindo tudo ao mesmo tempo.

O PEQUENO LORDE

O fato era que o conde havia irrompido na sala da pousada e ali ficara, parecendo um gigante venerável e aristocrático, fitando a mulher por baixo das sobrancelhas espessas sem dizer uma só palavra. Apenas olhava para ela da cabeça aos pés como se ela fosse um inseto repulsivo. Sempre calado, deixou que ela falasse e esbravejasse até se cansar. Por fim, disse:

– Alega ser a esposa de meu filho mais velho. Se isso é verdade, e se as provas que oferece nos emudecerem, a lei está do seu lado. Nesse caso, seu filho é lorde Fauntleroy. A questão será analisada a fundo, pode ter certeza. Se sua alegação for confirmada, ganhará a causa. Não quero saber nada da senhora nem do menino enquanto viver. Infelizmente esta localidade terá de suportá-los depois de minha morte. E você é realmente o tipo de mulher que esperava que meu filho Bevis escolhesse.

Então deu as costas e saiu da sala da mesma maneira intempestiva como havia entrado.

Poucos dias depois disso, um visitante foi anunciado para a senhora Errol, que estava escrevendo em sua pequena sala matinal. A criada que veio lhe dar a mensagem parecia muito agitada. Na verdade, seus olhos estavam redondos de surpresa, e, sendo muito jovem e inexperiente, fitou a patroa com uma simpatia nervosa.

– É o próprio conde, senhora! – disse com voz trêmula e amedrontada.

Quando a senhora Errol entrou na sala de visitas, um senhor idoso muito alto e imponente estava de pé sobre o tapete de pele de tigre. Seu rosto era belo, sombrio e envelhecido, seu perfil era aquilino, tinha um longo bigode branco e um olhar obstinado.

– Creio que é a senhora Errol? – perguntou.

– Sim, sou – ela respondeu.

– Sou o conde de Dorincourt – anunciou o senhor.

Fez uma breve pausa quase sem querer, para fitar os olhos dela. Eram muito parecidos com os olhos grandes, cheios de afeição e infantis que se erguiam com frequência para ele nos últimos meses. O conde sentiu uma forte emoção.

– O menino se parece muito com a senhora – disse de modo abrupto.

– Costumam dizer isso, milorde – ela replicou –, mas fico feliz em pensar que também se parece com o pai.

Como havia lhe dito *lady* Lorridaile, a voz da mãe de Cedric era muito doce, e ela tinha maneiras simples e educadas. Não parecia nem um pouco constrangida com a súbita visita.

– Sim – concordou o conde –, ele também se parece... com... meu filho. – Levou a mão ao bigode e o puxou com força. – Sabe – continuou – por que vim aqui?

– Recebi a visita do senhor Havisham – disse a senhora Errol –, e ele me contou da reivindicação que foi feita...

– Vim lhe dizer – interrompeu o conde – que essa reivindicação será investigada e contestada caso seja possível. Vim lhe dizer que seu menino será defendido de todas as maneiras pela lei. Os direitos dele...

A voz suave o cortou:

– Não deverá ter nada que NÃO lhe seja de direito, mesmo que a lei lhe conceda.

– Infelizmente a lei não pode fazer isso – disse o conde –, porque, se pudesse, eu daria um jeito. Essa mulher abominável e o filho dela...

– Talvez ela ame tanto o filho quanto eu amo Cedric, milorde – disse a pequena senhora Errol. – E, se ela de fato foi a esposa de seu filho mais velho, a criança dela é lorde Fauntleroy, e não a minha.

Como Cedric, ela não tinha medo do conde e o fitava do mesmo modo como Cedric fitaria. Quanto ao conde, apesar de ter sido um tirano em toda a sua vida, estava secretamente satisfeito com aquilo. Era tão raro as pessoas discordarem dele que essa era uma novidade prazerosa.

– Creio – disse ele um pouco carrancudo – que a senhora preferiria que Cedric não fosse o futuro conde de Dorincourt.

O jovem e lindo rosto corou.

– É algo magnífico ser o conde de Dorincourt, milorde – disse ela.

– Sei disso, mas preferiria que ele fosse o que o pai era, um homem corajoso, justo e sempre honesto.

– Um contraste gritante com o avô, não? – disse o conde com ironia.

– Não tive o prazer de ter contato com o senhor, que é o avô de Cedric – replicou a senhora Errol –, mas sei que meu garotinho acredita... – Fez uma pausa por um momento olhando com calma o rosto dele, e então acrescentou: – Sei que Cedric o ama.

– Teria me amado – disse o conde com frieza – se a senhora lhe revelasse por que não a recebi no castelo?

– Não – respondeu ela com franqueza –, acho que não amaria. Foi por isso que não contei.

– Mas – disse o conde com aspereza – poucas mulheres não contariam.

De repente, começou a caminhar de um lado para o outro da sala, puxando o grande bigode com mais força do que nunca.

– Sim, ele gosta de mim – continuou –, e eu, dele. Não posso dizer que já gostei de alguém antes, mas gosto dele. Ele me agradou desde o primeiro momento em que o vi. Sou um velho e estava cansado de viver. Ele me deu um motivo para continuar. Tenho orgulho dele. Estava satisfeito em pensar que tomaria meu lugar um dia como chefe da família.

Parou de andar e se postou na frente da senhora Errol.

– Estou infeliz – confessou. – Infeliz!

E parecia mesmo. Nem seu orgulho conseguia manter a voz firme ou impedir que suas mãos tremessem. Por um momento, pareceu que seus olhos fundos e ferozes estavam marejados de lágrimas.

– Talvez por estar infeliz vim ver a senhora – confessou sem deixar de fitá-la. – Costumava odiá-la. Tinha ciúme da senhora. Mas este novo acontecimento miserável e maldito mudou tudo. Depois de ver aquela mulher repulsiva que diz ser esposa de meu filho Bevis, achei que seria um alívio olhar para a senhora. Fui um velho teimoso e acho que a tratei muito mal. A senhora é como o menino, e o menino é a coisa mais importante na minha vida. Estou infeliz e vim vê-la só porque é igual ao menino, e ele a ama, e eu o amo. Trate-me da melhor maneira que puder, pelo bem dele.

Disse tudo isso com sua voz áspera, quase rouca, mas de algum modo parecia tão fraco naquele momento que o coração da senhora Errol se comoveu. Levantou-se e puxou uma poltrona para perto do conde.

– Por favor, sente-se – pediu de modo gentil e simpático. – Passou por tantos dissabores que deve estar muito cansado e precisa de todas as suas forças.

Aquela também era uma novidade: que uma mulher lhe falasse e cuidasse dele com tanta gentileza e simplicidade. Novidade tão grande quanto ser enfrentado pelo neto. Lembrou-se de novo do "menino" e fez o que ela pedia. Talvez fosse bom para ele estar frustrado e se sentindo miserável; se não fosse assim, ainda a odiaria, porém nesse momento a senhora Errol o confortava um pouco.

Qualquer coisa seria melhor em comparação com aquela *lady* Fauntleroy que havia aparecido. E essa mulher na sua frente tinha um rosto e uma voz tão suaves, tanta dignidade ao falar ou se mover. Em pouco tempo, por causa da magia serena que a senhora Errol exercia, o conde foi se sentindo menos miserável e começou a falar mais:

– O que quer que aconteça – disse –, eu cuidarei do menino. Agora e no futuro.

Antes de ir embora, olhou em volta.

– Gosta desta casa? – perguntou.

– Muito – ela respondeu.

– Esta sala é muito acolhedora – prosseguiu ele. – Posso voltar para conversarmos mais a respeito do menino?

– Quantas vezes quiser, milorde – ela respondeu.

Então ele foi até sua carruagem e voltou para o castelo. Na boleia, Thomas e Henry, o cocheiro, estavam completamente mudos de surpresa com a reviravolta.

13

É claro que, assim que a história de lorde Fauntleroy e as dificuldades do conde de Dorincourt chegaram aos jornais ingleses, foram divulgadas também na imprensa americana. Era uma história interessante demais para passar despercebida, e muito se falou sobre isso. Havia tantas versões a esse respeito que seria preciso comprar todos os jornais e comparar todas as notícias para fazer uma análise muito profunda e um verdadeiro estudo.

O senhor Hobbs leu tanto sobre o caso que acabou confuso. Um dos jornais descrevia seu jovem amigo Cedric como um bebezinho... Outro, como um jovem rapaz que cursava Oxford recebendo todas as honrarias e se destacando por escrever poemas em grego; outra publicação dizia que estava noivo de uma jovem dama de grande beleza, filha de um duque; outro, ainda, relatava que Cedric acabara de se casar. A única coisa que NÃO era dita, na verdade, era Cedric ser um garotinho entre sete e oito anos, com pernas fortes e cabelos ondulados.

Um jornal havia publicado que ele não era parente do conde de Dorincourt de jeito nenhum e não passava de um pequeno impostor que vendia jornais e dormia nas ruas de Nova York antes que a mãe se impusesse junto ao advogado da família que viera à América em busca do herdeiro.

E então surgiram as descrições sobre o novo lorde Fauntleroy e sua mãe. Às vezes ela era descrita como uma cigana, às vezes como atriz, outras, ainda, como uma bela espanhola; porém todos concordavam que o conde de Dorincourt era seu inimigo mortal e faria tudo para não reconhecer o filho dela como herdeiro, e, como parecia que as provas que ela apresentara não estavam muito claras, esperava-se que houvesse um longo julgamento, que seria muito mais interessante do que qualquer ação jamais levada ao tribunal.

O senhor Hobbs lia os jornais até ficar com a cabeça zonza, e à noite ele e Dick conversavam a respeito. Descobriram quanto o conde de Dorincourt era importante, e como era rico, e quantas propriedades possuía, como era majestoso e belo o castelo onde morava. E, quanto mais liam, mais empolgados ficavam.

– Parece que alguma coisa deveria ser feita – disse o senhor Hobbs. – Casos assim devem ser resolvidos... entre condes, ou não.

Mas na verdade não havia nada que pudessem fazer, a não ser cada um escrever uma carta para Cedric ratificando sua amizade e apoio moral. Escreveram assim que puderam depois de lerem sobre as notícias, e em seguida um leu a carta do outro.

Foi isto que o senhor Hobbs leu na carta de Dick:

CARO AMIGO: recebi sua carta e o senhor Hobbs recebeu a dele e lamentamos que esteja com azar e dizemos para ficar firme enquanto puder e não deixe ninguém se aproveitar de você. Existem muitos velhos ladrões que farão de tudo para prejudicar você se você não tomar cuidado. Mas quero dizer que não me esqueço do que você fez por mim e se puder venha para cá e seremos sócios. Os negócios vão bem, e, se alguém tentar fazer mal a você, terá que se ver com o professor Dick Tipton. Isso é tudo por agora.

DICK

E isto foi o que Dick leu na carta do senhor Hobbs:

CARO SENHOR: as coisas parecem ruins. Acho que foi uma armadilha e que você deve examinar bem. E escrevo para dizer duas coisas. Vou analisar essa história. Fique quieto e vou procurar um advogado e fazer de tudo. E, se o pior acontecer e se esses condes não forem para nós, tenho uma sociedade para lhe oferecer aqui na mercearia quando você tiver idade, um lar para você e um amigo.

Sinceramente,

SILAS HOBBS

– Muito bem – disse o senhor Hobbs –, ele está protegido por mim e por você caso não se torne conde.

– Está mesmo – concordou Dick. – Ficarei do lado dele. Adoro aquele garotinho.

Na manhã seguinte, um dos fregueses de Dick ficou muito surpreso. Era um jovem advogado em início de carreira, tão pobre quanto pode ser um jovem advogado, mas um rapaz inteligente e cheio de energia com uma mente afiada e bom temperamento. Possuía um escritório modesto perto da banca de Dick, e todas as manhãs Dick lustrava suas botas, e, se não eram amigos íntimos, pelo menos o advogado sempre tinha uma palavra simpática e uma anedota para contar ao engraxate.

Naquela manhã em particular, quando o advogado colocou o pé no suporte, trazia um jornal ilustrado nas mãos. Um jornal moderno com fotos de pessoas conhecidas e outras coisas. Ele tinha acabado de ler e, quando as duas botas foram polidas, entregou o jornal a Dick.

– É para você, Dick – disse o advogado. – Pode folhear quando tomar seu café da manhã no Delmonico's – brincou, já que o Delmonico's era um restaurante de gente rica. – Há a foto de um castelo na Inglaterra e outra da nora de um conde inglês. Bela mulher, tanto cabelo que lembra uma juba, mas parece que está causando muito distúrbio. Você precisa se familiarizar com a nobreza e a aristocracia, Dick. Comece com o honorável conde de Dorincourt e *lady* Fauntleroy. Olá?! O que houve?

As fotos das quais ele estava falando estavam na primeira página, e Dick olhava para uma delas com olhos arregalados e boca muito aberta, o rosto fino pálido e animado.

– Qual o problema, Dick? – perguntou o jovem advogado. – Por que ficou paralisado?

De fato, Dick parecia ter visto algo fantástico. Apontou para a foto sob a qual se lia:

Mãe do reclamante (lady *Fauntleroy*).

Era a foto de uma bela mulher com olhos grandes e tranças pesadas de cabelos negros, penteadas em volta da cabeça.

– Ela! – gritou Dick. – Nossa! Conheço essa mulher mais do que conheço você!

O jovem advogado começou a rir.

– Onde a encontrou, Dick? Em Newport? Ou na sua última temporada em Paris?

Dessa vez Dick nem riu. Começou a juntar seus apetrechos e escovas como se fosse adiar seu trabalho e tivesse algo muito urgente para fazer.

– Não importa – resmungou –, conheço essa mulher! E encerrei minhas atividades nesta manhã.

E em menos de cinco minutos estava correndo pelas ruas na direção do senhor Hobbs e da loja da esquina.

O senhor Hobbs mal acreditou nos próprios olhos quando fitou o outro lado do balcão e viu Dick entrando como um raio e brandindo o jornal na mão. O rapaz estava sem fôlego de tanto correr, tão sem ar que mal conseguiu falar enquanto atirava o jornal sobre o balcão.

– Olá! – exclamou o senhor Hobbs. – Ei! O que tem aí?

– Olhe para isso! – arquejou Dick. – Olhe para a mulher na foto! ELA não é nenhuma aristocrata. ELA não é! – berrou com desprezo. – Não é esposa de nenhum lorde. Que eu queime no inferno se não é Minna... MINNA! Eu a reconheceria em qualquer lugar, e Ben, também. Pergunte a ele.

O senhor Hobbs se deixou cair sobre uma cadeira.

– Sabia que era uma armadilha – disse. – Sabia. E fizeram isso porque ele é americano!

– Fizeram! – gritou Dick com nojo. – ELA fez isso, foi ela. Sempre foi cheia de truques, e vou dizer do que me lembrei no instante em que vi a foto dela. Um dos jornais que lemos publicou um artigo que dizia algo sobre o filho dela e que ele tinha uma cicatriz no queixo. Dois e dois são quatro... Aquela cicatriz! E aquele filho dela é tão lorde quanto eu! É o filho de BEN... O garotinho que ela atingiu quando atirou o prato em mim.

O professor Dick Tipton sempre foi um rapaz esperto, e ganhar a vida nas ruas de uma grande cidade o deixou ainda mais esperto. Aprendeu a manter a mente e os olhos abertos, e é preciso dizer que estava adorando a empolgação e a impaciência que aquele momento lhe causava. Se o pequeno lorde Fauntleroy pudesse dar uma olhada na mercearia nessa manhã, sem dúvida ficaria interessado em toda a discussão e planos para decidir o destino de outro menino também.

O senhor Hobbs estava quase sufocando com seu senso de responsabilidade em relação a Cedric, e Dick parecia mais vivo do que nunca e cheio de energia. Começou a escrever para Ben, recortou a foto do jornal e anexou à carta, enquanto o senhor Hobbs escrevia uma carta para Cedric e outra para o conde. Estava no meio da preparação dessas cartas quando Dick teve uma nova ideia.

– Olhe – disse para o senhor Hobbs –, o sujeito que me deu o jornal é advogado. Vamos perguntar a ele o que devemos fazer. Advogados entendem disso.

O senhor Hobbs ficou muito impressionado com essa sugestão e com a esperteza de Dick.

– Isso mesmo! – retrucou. – Este assunto pede um advogado.

E, deixando a loja aos cuidados de um substituto, enfiou o paletó e marchou para o centro da cidade com Dick, e ambos se apresentaram com sua romântica história no escritório do senhor Harrison, para espanto do jovem advogado.

Caso não fosse um advogado tão jovem com uma mente empreendedora e muito tempo livre nas mãos, talvez não tivesse se interessado tão depressa pelo que os dois tinham a dizer, pois tudo soava fantástico e improvável. Mas o senhor Harrison queria muito se dedicar a um caso, e conhecia Dick, e Dick disse o que tinha a dizer de modo claro e preciso.

– E – acrescentou o senhor Hobbs – diga quanto quer ganhar por hora, analise esse caso com cuidado, e EU pagarei seus honorários... Silas Hobbs, esquina da Blank Street, Legumes e Mercadorias Finas.

– Muito bem – disse o senhor Harrison –, será um caso e tanto se der tudo certo, e tão grande para mim quanto para lorde Fauntleroy. De qualquer modo, investigar não vai fazer mal. Parece que há algo dúbio sobre esse novo menino. A mulher se contradisse em algumas das declarações sobre a idade do filho e levantou suspeitas. As primeiras pessoas a quem devemos escrever são o irmão de Dick e o advogado de família do conde Dorincourt.

Dito e feito. Antes de o sol se pôr, duas cartas haviam sido bem redigidas e enviadas em duas direções diferentes. Uma despachada no Porto de Nova York em um vapor dos correios que ia para a Inglaterra, e a outra, em um trem que levava correspondências e passageiros para a Califórnia. A primeira carta estava endereçada a T. Havisham, advogado, e a segunda, a Benjamin Tipton.

E, depois de fecharem a loja naquela noite, o senhor Hobbs e Dick se sentaram no quarto dos fundos e conversaram até a meia-noite.

14

É incrível o pouco tempo que leva para coisas extraordinárias acontecerem. Foram necessários apenas alguns minutos para mudar a sorte do garotinho que balançava as pernas cobertas por meias vermelhas no tamborete alto da loja do senhor Hobbs. De uma criança que vivia com simplicidade em uma rua tranquila, ele se transformara em um nobre inglês herdeiro de um condado e de uma enorme fortuna.

Alguns minutos também foram necessários para transformá-lo de nobre inglês em um pequeno impostor sem dinheiro e sem direito a nenhum dos benefícios dos quais estava usufruindo. E, por espantoso que parecesse, havia levado menos tempo ainda para reverter de novo a situação e devolver a Cedric tudo o que ele havia corrido o risco de perder.

Levou menos tempo porque, afinal, a mulher que se intitulava *lady* Fauntleroy não era tão inteligente quanto perversa e, quando se viu muito pressionada pelo interrogatório do senhor Havisham sobre seu casamento e seu filho, cometeu alguns erros que acabaram levantando suspeitas. Então perdeu a presença de espírito e se irritou, e na sua empolgação e raiva se traiu ainda mais. Todos os erros que cometeu diziam respeito ao seu filho. Parecia não haver dúvida de que, mesmo ainda casada com Ben, havia se casado com Bevis, lorde Fauntleroy, brigou com ele e recebeu dinheiro para ir embora; porém o senhor Havisham descobriu que a história de que o filho tinha nascido em certa parte de Londres era falsa, e bem nessa hora, quando estavam em meio à comoção causada por essa descoberta, chegaram a carta do jovem advogado de Nova York e a do senhor Hobbs.

Que tarde foi aquela, quando as cartas chegaram e o senhor Havisham e o conde se sentaram e discutiram seus planos na biblioteca!

– Após meus três primeiros encontros com aquela mulher – disse o senhor Havisham –, comecei a ter sérias suspeitas. Para mim, a criança era mais velha do que a mãe alegava, e ela cometeu um engano sobre a data de nascimento e tentou consertar o erro. A história que estas cartas agora nos trazem confirma várias de minhas suspeitas. O melhor que temos a fazer agora é telegrafar imediatamente para esses dois Tipton... Não dizer nada a respeito deles para essa mulher... e confrontá-la com eles quando ela mal esperar. Afinal, não passa de uma conspiradora inábil. Na minha opinião, vai ficar tão apavorada que irá se trair na mesma hora.

E foi isso mesmo que aconteceu. Não disseram nada a ela, e o senhor Havisham tratou de não a fazer suspeitar de nada, continuando a interrogá-la e garantindo que estava verificando os depoimentos dela. E, de fato, ela começou a se sentir tão segura que seu humor logo melhorou e principiou a ser insolente, como se esperava.

Mas uma bela manhã, quando estava sentada na sala de visitas da hospedaria Dorincourt Arms fazendo grandes planos para si mesma, o senhor Havisham foi anunciado. Quando entrou, estava acompanhado de, nada mais, nada menos, três pessoas: um rapaz de rosto fino e outro muito forte; a terceira pessoa era o conde de Dorincourt.

A mulher se levantou de supetão e soltou um grito de terror. O grito irrompeu de sua garganta antes que tivesse tempo de se controlar. Pensou que aqueles recém-chegados estivessem a quilômetros de distância, e isso quando se dignava a pensar neles, o que mal havia feito em anos. Jamais esperara revê-los. E Dick sorria um pouco ao fitá-la.

– Olá, Minna! – saudou.

O outro rapaz forte, Ben, ficou quieto por um minuto e apenas a fitou.

– Conhecem essa mulher? – perguntou o senhor Havisham olhando de um para o outro.

– Sim – respondeu Ben. – Eu a conheço, e ela me conhece.

Assim dizendo, deu as costas e foi olhar pela janela como se a visão da mulher fosse odiosa para ele, como de fato era.

Então Minna, apavorada e desmascarada, perdeu todo o controle e teve um ataque de raiva tão violento como Dick e Ben nunca haviam visto. Isso fez com que Dick sorrisse ainda mais enquanto a observava e ouvia os palavrões que ela dirigia a eles, além das violentas ameaças. Mesmo assim, Ben não se voltou para olhá-la.

– Posso jurar no tribunal contra ela – disse ao senhor Havisham –, e posso trazer mais doze testemunhas. O pai dela é um homem respeitável, embora esteja largado no mundo. A mãe era igual a ela. Já morreu, mas o pai está vivo, e é honesto o suficiente para ter vergonha da filha. Ele confirmará quem ela é e se se casou comigo ou não.

Então cerrou os punhos de repente e se virou para encará-la.

– Onde está o menino? – exigiu saber. – Ele vai comigo! Não tem mais nada a ver com você, assim como eu!

Nesse momento, a porta que levava ao quarto se entreabriu um pouco, e o menino, atraído pelas vozes altas, espiou. Não era bonito, mas tinha um rosto agradável, e era idêntico a Ben, seu pai. Em seu queixo surgia a cicatriz de três pontas.

Ben se aproximou dele e, trêmulo, tomou sua mão.

– Sim – disse. – Posso jurar por você também, Tom – falou para o garotinho. – Sou seu pai e vim buscá-lo. Onde está seu chapéu?

O menino apontou para o chapéu sobre uma cadeira. Era evidente que estava feliz por ir embora. Tinha vivido tantas experiências estranhas que não se surpreendeu por ouvir um estranho dizer que era seu pai. Não gostava da mulher que apareceu meses antes no lugar onde ele viveu desde bebê, que de repente anunciou ser sua mãe e que ia haver mudanças em sua vida.

Ben pegou o chapéu e se dirigiu para a porta.

– Se precisar falar comigo de novo – disse para o senhor Havisham –, sabe onde me encontrar.

Saiu da sala segurando o menino pela mão e sem olhar para a mulher. Ela, por sua vez, estava espumando de ódio, e o conde a fitava com calma por trás dos óculos que havia colocado sobre o nariz aquilino e aristocrático.

– Vamos lá, minha jovem – disse o senhor Havisham. – Isso não vai resolver nada. Se não quer ser presa, precisa se comportar.

E seu tom de voz era tão profissional que, talvez pressentindo que o melhor a fazer seria sair de cena, a mulher lançou um olhar feroz para o advogado, passou por ele como um raio, entrou no quarto e bateu a porta com estrondo.

– Não teremos mais problemas com ela – anunciou o senhor Havisham.

E tinha razão, pois naquela mesma noite ela deixou a hospedaria e tomou o trem que levava a Londres para nunca mais ser vista.

Quando o conde deixou a sala depois da entrevista, foi diretamente para sua carruagem.

– Para Court Lodge – disse a Thomas.

– Para Court Lodge – repetiu Thomas ao cocheiro ao subir na boleia, murmurando –, e pode ter certeza de que as coisas estão tomando um caminho inesperado.

Quando a carruagem parou em frente a Court Lodge, Cedric estava na sala de visitas com a mãe.

O conde entrou sem se fazer anunciar. Parecia um pouco mais alto e muitos anos mais jovem. Seus olhos profundos faiscavam.

– Onde está lorde Fauntleroy? – perguntou, fingindo não ver o menino.

A senhora Errol se adiantou com um rubor no rosto.

– Ele é lorde Fauntleroy? – perguntou. – É mesmo?!

O conde estendeu a mão e apertou a dela.

Depois colocou a outra mão no ombro de Cedric.

– Fauntleroy – disse do seu jeito sem cerimônia e autoritário –, pergunte a sua mãe quando ela pretende vir ao castelo.

Fauntleroy enlaçou o pescoço da mãe.

– Para morar conosco! – gritou. – Para morar sempre conosco!

O conde fitou a senhora Errol, que o fitou também.

O nobre estava sendo muito sincero. Decidiu não perder mais tempo para resolver esse assunto. Começou a pensar que seria muito bom ser amigo da mãe de seu herdeiro.

– Tem certeza de que me deseja no castelo? – disse a senhora Errol com seu sorriso suave e bonito.

– Certeza absoluta – ele respondeu de modo abrupto. – Sempre a quisemos, mas não percebíamos. Esperamos que venha.

15

Ben levou o filho e voltou para o rancho de gado na Califórnia sob circunstâncias muito favoráveis. Logo antes de viajar, o senhor Havisham o procurou para uma conversa e disse que o conde de Dorincourt desejava fazer algo pelo menino que poderia ter-se tornado lorde Fauntleroy. Ele havia decidido adquirir um rancho de gado e colocar Ben como responsável, com um salário muito bom, o que seria bom também para o futuro da criança.

Então, quando partiu, Ben era o supervisor de um rancho tão bom quanto o seu, que poderia um dia ser sua propriedade, o que de fato aconteceu após alguns anos. Tom cresceu ali e se tornou um ótimo rapaz, muito devotado ao pai; foram tão bem-sucedidos e felizes que Ben costumava dizer que Tom havia compensado todos os dissabores que ele teve na vida.

Mas Dick e o senhor Hobbs, que vieram também para a Inglaterra com os outros a fim de garantir o bom andamento da questão de Cedric, não retornaram para a América por algum tempo. De início, ficou decidido que o conde pagaria as despesas de Dick e providenciaria para que ele recebesse uma boa educação; e o senhor Hobbs resolveu que, como havia deixado um bom substituto tomando conta da loja, poderia se dar ao luxo de permanecer na Inglaterra e assistir às festividades que seriam realizadas para celebrar o aniversário de oito anos de lorde Fauntleroy. Todos os locatários do conde foram convidados. Haveria festas, danças, jogos no parque, fogueiras e fogos de artifício à noite.

– Igual ao Quatro de Julho! – exclamou lorde Fauntleroy. – Pena que meu aniversário não é no dia 4, hem? Se fosse, festejaríamos as duas coisas.

É bom esclarecer que logo de início o conde e o senhor Hobbs não ficaram tão amigos como se esperava. A verdade é que o conde conhecera poucos donos de mercearia, e o senhor Hobbs não havia tido contato com condes, portanto nos seus raros encontros a conversa não fluía. É necessário dizer também que o senhor Hobbs estava empolgado demais com os esplendores que Fauntleroy considerava obrigação lhe mostrar.

O portão de entrada com os leões de pedra e a avenida haviam impressionado o senhor Hobbs logo de início e, quando ele viu o castelo e seus jardins floridos, as estufas, os terraços, os pavões, o calabouço, as armaduras antigas, a grande escadaria, os estábulos e os criados de uniforme, ficou perplexo. Mas a galeria de retratos foi o toque final.

– É uma espécie de museu? – perguntou o senhor Hobbs para Fauntleroy, quando foi conduzido ao espaçoso e belo aposento.

– N... não...! – disse Fauntleroy em dúvida. – Não ACHO que seja um museu. Meu avô diz que esses são meus antepassados.

– As irmãs da sua tia![1] – exclamou o senhor Hobbs, tendo ouvido mal. – TODOS os retratos? Seu tio-avô DEVE ter tido uma família e tanto! Criou todo mundo?

---

[1] Trocadilho em inglês com "ancestors" (antepassados) e "aunt's sisters" (irmãs da tia.). (N.T.)

E se deixou cair sobre um assento olhando em volta com expressão agitada, até que por fim, e com enorme dificuldade, lorde Fauntleroy conseguiu explicar que as paredes daquela sala não estavam totalmente forradas com retratos da prole de seu tio-avô.

Aliás, ele se viu obrigado a pedir a ajuda da senhora Mellon, que sabia tudo sobre aqueles retratos e podia dizer quem os pintara e quando, e quem acrescentara histórias românticas sobre os lordes e damas que haviam posado. Quando, por fim, o senhor Hobbs entendeu e ouviu algumas dessas histórias, ficou fascinado, e a galeria de retratos se tornou seu lugar favorito no castelo. Dali em diante, com frequência caminhava do vilarejo onde tinha acomodações na hospedaria para passar cerca de meia hora perambulando pela galeria, fitando as damas e os cavalheiros pintados que o fitavam também e balançando a cabeça quase o tempo todo.

– E eram todos condes! – dizia. – E ELE vai ser um também e herdar tudo isso!

No íntimo, já não sentia tanta repugnância em relação aos condes e seu modo de vida, e talvez seus rígidos princípios republicanos tivessem ficado um pouco abalados quando passou a ter um contato mais próximo com castelos, antepassados e tudo o mais. De qualquer modo, certo dia expressou um sentimento notável e inesperado:

– Não me importaria de ter sido um deles! – exclamou, o que era de fato uma grande concessão.

Que maravilhoso dia foi o aniversário do pequeno lorde Fauntleroy, e como o jovem nobre se divertiu! O parque estava deslumbrante, com a multidão se apinhando e todos vestidos com seus melhores trajes de festa, as bandeiras tremulando no alto das tendas armadas e do castelo! Todos que puderam comparecer estavam lá, porque todos estavam de fato felizes com o fato de o pequeno lorde Fauntleroy continuar a ser o pequeno lorde Fauntleroy, e um dia seria o senhor de tudo.

Todos queriam dar uma olhada nele e em sua linda e bondosa mãe, que tinha tantos amigos ali. E, sem dúvida nenhuma, todos agora gostavam mais do conde e simpatizavam mais com ele porque Cedric o amava e respeitava. Por sua vez, o nobre idoso tinha feito amizades e valorizava a mãe de seu herdeiro. Dizia-se até que ele começava a gostar muito dela e que, com a influência do pequeno lorde Fauntleroy e de sua jovem mãe, o conde poderia mudar ainda mais e se tornar um velho nobre bem-educado, e todos ficariam mais felizes e viveriam melhor.

Quanta gente havia ali sob as árvores, nas tendas e nos gramados! Fazendeiros e suas esposas em seus trajes domingueiros, usando chapéus e xales; garotas e seus namorados; crianças brincando e correndo atrás umas das outras; damas idosas com mantos vermelhos mexericando entre si.

Dentro do castelo estavam damas e cavalheiros que haviam comparecido para apreciar os festejos, parabenizar o conde e conhecer a senhora Errol.

Lady Lorridaile e *sir* Harry estavam lá, e *sir* Thomas Asshe com suas filhas, o senhor Havisham, é claro, e a linda senhorita Vivian Herbert, com um adorável vestido branco e uma sombrinha de renda, com um grupo de cavalheiros à sua volta para protegê-la, embora fosse evidente que ela apreciava mais Fauntleroy do que todos os outros juntos. E, quando Cedric a viu, correu para ela e lançou seus braços em volta do seu pescoço; ela também o enlaçou e o beijou com tanto carinho como se fosse seu irmãozinho amado, dizendo:

– Querido pequeno lorde Fauntleroy! Querido menino! Estou tão feliz! Tão feliz!

E mais tarde ela caminhou pelos gramados com Cedric, deixando que ele lhe mostrasse todas as belezas em volta. E, quando a conduziu até onde estavam Dick e o senhor Hobbs, disse:

— Este é meu velho, velho amigo senhor Hobbs, senhorita Herbert, e este é meu outro velho amigo, Dick. Disse para eles como a senhorita é linda, e que eles comprovariam se a senhorita viesse ao meu aniversário...

Vivian apertou a mão dos dois e ficou ali conversando com seu jeito muito agradável, fazendo perguntas sobre a América e a viagem deles e sobre a vida de cada um na Inglaterra. Fauntleroy ficou ao lado, erguendo os olhos para sua dama com adoração, as faces vermelhas de prazer porque percebeu que o senhor Hobbs e Dick também gostavam dela.

— Muito bem — declarou Dick com seriedade mais tarde —, é a moça mais linda que já vi! Ela... parece uma margarida, é isso aí, sem erro.

Todos olhavam para a senhorita Herbert quando passava, e também para o pequeno lorde Fauntleroy. E o sol brilhava, e as bandeiras dançavam ao vento, e os jogos prosseguiam, as danças e a alegria continuavam naquela tarde feliz, em que o pequeno lorde não cabia em si de contentamento.

O mundo inteiro era lindo para ele.

E havia mais alguém feliz... Um velho que, apesar de ter sido rico e nobre por toda a sua vida, nem sempre tinha conseguido ser feliz de verdade. Talvez, penso eu, naquele momento estivesse mais feliz porque era um homem melhor do que antes. Não era ainda tão bom quanto Fauntleroy julgava, mas, pelo menos, começava a amar alguma coisa, e de vez em quando achava muito compensador fazer o bem que o coração infantil, bondoso e inocente de uma criança sugeria... E isso já era um começo.

Além disso, a cada dia se sentia mais satisfeito com a esposa de seu falecido filho. Na verdade, como diziam no vilarejo, passou a estimá-la. Gostava de ouvir sua voz doce e olhar para seu rosto meigo. E, quando se sentava na sua poltrona, costumava observá-la e ouvia o que ela dizia para Cedric. Eram palavras amorosas e gentis, novas para o conde. Começava a perceber o motivo para o garotinho que havia morado em uma rua modesta de Nova York e que se relacionava com vendeiros e engraxates ser assim tão bem-educado e tão cheio de dignidade. Cedric nunca envergonhou ninguém, mesmo quando a sorte mudou e o tornou herdeiro de um condado inglês morando em um castelo na Inglaterra.

No final das contas, era tudo muito simples...

Cedric viveu sempre ao lado de alguém com um coração bondoso e foi ensinado a ter bons pensamentos sempre e se preocupar com o próximo. Essa poderia ser uma explicação muito simplória, mas era a melhor de todas. Cedric nunca soube nada sobre condes e castelos; ignorava tudo sobre grandiosidade e esplendor, mas sempre foi adorável porque era autêntico e amoroso. Ser assim é como ter nascido rei.

Naquele dia, o velho conde de Dorincourt ficou muito satisfeito enquanto olhava o neto se movendo pelo parque entre as pessoas, conversando com quem conhecia e fazendo seu habitual cumprimento sempre que alguém o cumprimentava, divertindo seus amigos Dick e Hobbs ou ao lado da mãe ou da senhorita Herbert, ouvindo a conversa delas.

E sua satisfação chegou ao máximo quando se encaminharam para a grande tenda onde os inquilinos mais importantes de Dorincourt estavam sentados para o grande evento do dia.

Todos brindaram e, depois de beberem pela saúde do conde com mais entusiasmo do que jamais havia acontecido antes, propuseram também um brinde à saúde do "pequeno lorde Fauntleroy".

E, se houve alguma dúvida antes sobre a popularidade do menino, o clamor das vozes, o tilintar dos copos e os aplausos garantiram que era muito querido! Aquelas pessoas bondosas haviam começado a gostar tanto dele que não se sentiram encabuladas perto das damas e dos cavalheiros que haviam comparecido à festa.

Fizeram uma algazarra muito compreensível, e algumas senhoras com ar maternal olharam com carinho para o menino entre a mãe e o avô, e seus olhos se encheram de lágrimas, enquanto diziam umas para as outras:

— Que Deus abençoe nosso garotinho querido!

O pequeno lorde Fauntleroy estava encantado. Sorria, cumprimentava e ficava vermelho até a raiz dos cabelos de tanta satisfação.

— Tudo isso é porque gostam de mim, Querida? — perguntou à mãe.

— É verdade, Querida? Fico tão feliz!

E então o conde colocou a mão no seu ombro e disse para ele:

— Fauntleroy, agradeça a todos pela gentileza.

Cedric olhou do avô para a mãe.

— Preciso? — murmurou com certa timidez. A mãe e a senhorita Herbert sorriram, e ambas concordaram que sim.

Então ele deu um pequeno passo à frente, e todos os olhos o fitaram. Um garotinho tão lindo e inocente com seu rosto viril e confiável! E Cedric falou o mais alto que pôde, a voz infantil soando clara e forte:

— Estou tão agradecido a todos vocês! E... espero que aproveitem a festa de meu aniversário... porque eu estou aproveitando muito... e... Sou muito feliz porque vou ser um conde. No início não achei que fosse gostar, mas agora gosto... E amo tanto este lugar, acho que é lindo... e... e... quando eu for conde, tentarei ser tão bom quanto meu avô.

E, entre gritos, clamores e aplausos, Cedric deu um passo atrás com um suspiro de alívio e colocou a mão na mão do avô, ficando bem perto dele, sorrindo, e se encostando na sua perna.

E esse seria o fim de minha história, mas preciso acrescentar uma informação importante: o senhor Hobbs ficou tão fascinado com a vida aristocrática e estava tão relutante em abandonar seu amiguinho que acabou vendendo sua loja da esquina em Nova York e se estabeleceu no vilarejo inglês de Erleboro, onde abriu outra loja patrocinada pelo castelo, que, é claro, foi um grande sucesso. E, embora ele e o conde nunca tenham se tornado muito íntimos, acreditem ou não, com o tempo o senhor Hobbs se tornou mais aristocrático que o próprio conde e lia as notícias da corte todas as manhãs, e seguia todas as atividades da Câmara dos Lordes!

Cerca de dez anos mais tarde, quando Dick terminou seus estudos e ia visitar o irmão na Califórnia, perguntou ao bom vendeiro se não desejava voltar para a América. O senhor Hobbs balançou a cabeça com seriedade.

– Não para morar lá – disse ele. – Não para morar lá. Quero ficar perto DELE e tomar conta dele um pouco. A América é um bom lugar para os jovens buliçosos, mas tem defeitos. Não existem irmãs de tias lá, nem condes!

Fim